LA MAISON DANS L'IMPASSE

LA MAISON DANS L'IMPASSE

Maria Messina

TRADUIT DE L'ITALIEN PAR MARGUERITE POZZOLI

C am bou rakis

Titre original : *La Casa nel vicolo*

Préface extraite de *Casa paterna*

AVANT-PROPOS

De Maria Messina, née à Palerme un 14 mars vers 1880 – les revues et les almanachs littéraires ne donnaient pas l'âge des femmes écrivains, à l'époque ; et même d'Annunzio, passé un certain âge, refusa d'avouer le sien –, on ne trouve nulle trace dans les histoires de la littérature du XXe siècle. Rien d'étonnant à cela : la distraction ou, plus poétiquement, l'oubli agissent à la façon du lierre et recouvrent certains noms, voire des pans entiers de notre histoire civile et littéraire. Ce qui nous étonne davantage, c'est que malgré les revendications féminines et féministes d'aujourd'hui, malgré les tentatives de reconstitution, à partir de textes de femmes, de la condition féminine à travers le monde et particulièrement en Italie du Sud, ses nombreux livres et même son nom soient restés totalement ignorés. Il n'est pourtant pas difficile, malgré le silence des histoires littéraires, de tomber sur son nom, ou sur certains de ses livres. Il suffit par exemple de feuilleter les trois volumes de *La Vita e il libro* (« La Vie et le Livre ») de Giuseppe Antonio Borgese ou, du même auteur, *Tempo di edificare* (« Le Temps d'édifier ») pour trouver des renseignements et des jugements critiques sur trois de ses livres ; hélas, l'oubli ne recouvre pas seulement l'œuvre de Maria Messina, mais aussi, et incroyablement, celle de Borgese, et surtout son œuvre critique. C'était pourtant le critique le plus assidu, le plus sagace et le plus intelligent qui soit : un vrai militant de la critique. Il a suivi pendant presque trente ans l'histoire littéraire de notre pays et s'exprimait dans le célèbre *Corriere della Sera*.

Borgese définissait Maria Messina comme « une disciple de Verga ». Elle l'était, surtout lorsqu'elle s'attache à décrire le monde paysan, par le trait significatif, par l'emploi du dialecte local, par sa façon de se faire l'écho de ce que Verga appelait « une voix narrative » sicilienne et populaire. « Une disciple de Verga » mais, ajoutait Borgese, alors que Verga était arrivé à ces résultats au prix d'une longue discipline, Maria Messina travaillait avec aisance, « en se refusant à regarder d'autres horizons ». Affirmation qui paraît fondée à première vue, mais qui, aujourd'hui, et après un examen plus attentif, se restreint à ses récits purement « paysans », dans lesquels éclatent des passions comme la jalousie ou dont les personnages sont – comme Lawrence le disait avec irritation à propos des Malavoglia – « très humblement humbles ». Et les récits de ce genre ne sont pas nombreux. En ce qui concerne ses autres récits (presque tous publiés après les comptes rendus de Borgese), il est faux de dire que l'écrivain « se refuse à regarder d'autres horizons », Au contraire, quantitativement et qualitativement, il y a une révélation de ce même horizon humain ou social que Pirandello, inlassablement, saisissait et dépeignait dans les *Novelle per un anno* (« Nouvelles pour une année ») ou dans des romans comme *L'Esclusa* (« L'Exclue ») : c'est la petite, la minuscule bourgeoisie sicilienne et, au sein de cette classe sociale terne et étriquée, la condition de la femme, angoissante, vouée à l'étouffement. Il en est chez Maria Messina comme chez Pirandello, mais cette condition est vécue encore plus de l'intérieur, avec une sensibilité plus immédiate et poignante. On pense à Tchekhov plus qu'à Verga ; et Tchekhov, leur maître à toutes deux, nous conduit à Katherine Mansfield, sa contemporaine. Il est tout à fait possible que Maria Messina ait peu connu Tchekhov, et même qu'elle n'ait jamais lu Katherine Mansfield ; cela ne nous empêchera pas de la définir – à la façon de Borgese, mais sans dogmatisme – comme une « Mansfield sicilienne ». Même s'il ne se réfère ni à Tchekhov ni à Mansfield, Borgese, une fois qu'il l'a détachée de la grande ombre de Verga, découvre en elle un tempérament « parmi les plus attachants de notre littérature féminine » – plutôt touffue, à l'époque – et avec finesse, avec sensibilité, il en saisit toute la nouveauté à l'intérieur de la fiction narrative sicilienne. « La vie sicilienne, telle qu'elle la dépeint, n'offre ni paysages grandioses, ni drames sanglants. Elle est tout "en la mineur". Ce sont des "petits remous" dans une eau marécageuse où, sans bruit, disparaissent des êtres qui n'ont même pas la force de se plaindre. Elle a senti de façon nouvelle la mélancolie obstinée de la province pauvre, cette indéfinissable odeur de renfermé, de prison, qui règne chez les gens honnêtes et que les Italiens ignorent totalement, au-dessus de Naples. Des milliers de petits propriétaires ont le cœur rongé par un perpétuel souci d'économie, et aucun soleil, si éclatant soit-il, n'illuminera les innombrables maisons où tout manque, sauf l'honneur, âcre et soupçonneux. La pauvreté étouffe tous les sentiments, sauf le sacrifice résigné et la crainte de Dieu, et la jeune fille se fane devant sa tapisserie, languissante… »

Pettini fini (« Peignes fins ») est le titre du premier livre de Maria Messina, publié, semble-t-il, en 1909 par l'éditeur Sandron à Palerme. *Piccoli gorghi* (« Petits remous ») a été publié en 1910 chez le même éditeur, mais pourrait être le titre de l'ensemble de ses nouvelles écrites jusqu'en 1928. En conclusion de son article, Borgese entrevoyait pour elle la possibilité d'écrire « des choses encore plus belles, quand elle se serait libérée de ce style narratif un peu trop sec et prudent qu'elle s'était imposé jusque-là ». Mais il ne s'agissait pas de style narratif ; c'était une limite presque objective, réalisation du paradoxe d'Oscar Wilde – « la nature imite l'art » – dans le milieu paysan sicilien. La nature sicilienne, les rapports humains dans la campagne sicilienne étaient devenus véristes, étaient devenus « verguiens ». Il fallait que Maria Messina sorte de ce monde et qu'elle s'abandonne au sien – un milieu d'employés, de petits-bourgeois obsédés par l'apparence et la dignité : le monde de la

Girgenti de Pirandello, mais sans ces trouées dans un ciel de papier d'où descend, pour les personnages pirandelliens, l'idée de la fuite ou la grâce de la folie – pour trouver sa véritable voix.

Leonardo Sciascia

I

Nicolina cousait sur le balcon ; elle se hâtait de finir son ouvrage, dans la lumière blême du crépuscule. De là-haut, la vue se limitait à la ruelle étranglée, profonde et sombre comme un puits vide, et à l'étendue de toits rougeâtres et moussus sur lesquels pesait un ciel bas, décoloré. Nicolina cousait vite, sans lever les yeux. Elle sentait toute la tristesse de ce décor étroit, comme si elle l'avait respirée avec l'air ambiant. Elle revoyait malgré elle la maison de Sant'Agata, le petit balcon de fer rouillé, grand ouvert sur les champs, devant le ciel immense où les nuées semblaient se mêler à la mer, là-bas, au loin.

Pour elle, c'était l'heure la plus tranquille de la journée : elle en avait fini avec les tâches ménagères. Mais c'était aussi un moment de mélancolie. Dans la maison, dans l'air, dans les cœurs, le temps marquait une pause, le silence se faisait poignant. Les rêves, les regrets, les espoirs semblaient alors s'avancer en cortège, dans la lumière incertaine qui baignait le ciel. Et nul n'interrompait les songes vagues, inachevés.

Antonietta se trouvait dans la chambre, au chevet d'Alessio, fiévreux depuis six jours. D'habitude, son beau-frère restait assis près de la table, que Nicolina avait débarrassée. Dans la pénombre de la pièce, on apercevait comme un petit point rouge, le feu de la longue pipe. Après avoir dîné – ils dînaient pendant qu'il faisait encore jour, pour ne pas se coucher le ventre plein –, il fumait juste une heure, placide, les yeux mi-clos. Au milieu du mur, le balancier de l'horloge oscillait avec régularité.

La nuit tombait, les dernières lueurs avaient disparu ; Nicolina rangea son ouvrage dans sa corbeille et se leva, un peu à regret. Elle devait préparer la boisson que son beau-frère dégustait à petites gorgées, deux heures après le dîner. Absorbée par le petit malade, Antonietta n'y penserait pas.

Elle pressa un peu moins d'un demi-citron dans l'eau, attentive à ne faire tomber aucun pépin avec le jus ; elle ajouta juste ce qu'il fallait de vin pour colorer l'eau, et une cuillerée de sucre, puis elle mélangea et laissa reposer. Elle plaça ensuite le verre contre la lampe et vérifia la limpidité de la boisson : ainsi faisait Antonietta. Enfin, avec précaution, elle apporta le verre sur une soucoupe.

Elle se remit au balcon. Mais son beau-frère la rappela aussitôt :

– Tu veux tomber malade, toi aussi ? Il fait humide, dehors !

Nicolina aurait voulu expliquer que l'air lui semblait d'une tiédeur inaccoutumée. Mais elle rentra sans répliquer.

– Ferme.

Elle referma à demi la fenêtre, soupira.

– Ferme bien.

Elle tira aussi les volets, sans bruit. Elle se souvenait de son père qui ne voulait pas que l'on ferme les fenêtres ; il disait : « Le voyageur fatigué, qui arrive de nuit dans un village, a le cœur plus léger s'il voit un peu de lumière dans les maisons... »

Elle s'assit près de la table et reprit son ouvrage ; elle s'efforçait, en tirant son aiguille, de ne pas déranger son beau-frère. La petite Carmelina, qui avait traîné ses jouets près de sa tante, se mit à bercer une poupée faite de chiffons et d'un bout de ficelle ; elle chantonnait : « Dodo... dodo... » Mais elle s'arrêta tout de suite et se tut, un peu effrayée par le regard de son père.

Puis arriva Antonietta, pâle et préoccupée ; elle s'assit à son tour.

– Tu as bien fait, dit-elle à l'oreille de sa sœur, de penser à la citronnade.

– Tu ne venais pas...

– Tu étais là. J'étais tranquille.

Toujours à voix basse, elle ajouta, avec une caresse pour la petite fille :

– Il est l'heure qu'elle aille se coucher, tu ne crois pas ? Je dois retourner à côté.

– Je finis mon ourlet et j'y vais.

Elles se turent. C'était une habitude, quand don Lucio était là, elles travaillaient toujours en silence pour ne pas le déranger.

Antonietta, que l'on sentait anxieuse, laissa échapper un profond soupir. Nicolina leva les yeux de son travail et la regarda, inquiète.

Don Lucio savourait sa pipe avec une satisfaction proche de la volupté. Les yeux mi-clos, il suivait le moindre mouvement des deux sœurs. Elles avaient l'une et l'autre, dans l'expression et dans les gestes, la même maladresse, la même gaucherie provoquée par la crainte continuelle et obscure de le déranger. Il éprouvait une satisfaction toujours renouvelée chaque fois qu'il surprenait cette peur chez les deux femmes, surtout chez Nicolina qui, au début, avait fait preuve d'une vivacité fort déplaisante.

Nicolina se leva et Carmelina la suivit, après avoir posé un baiser rapide sur la main rêche et froide que son père allongeait tous les soirs, sans cesser de fumer.

– Prends mes papiers et mes lunettes.

Antonietta posa sur la table le porte-documents gonflé de registres et le coffret contenant les plumes et l'encrier, disposés en bel ordre sur une étagère près du balcon. Don Lucio regardait aller et venir sa femme avec complaisance. Admirant les mouvements souples des hanches fortes et pleines, il était satisfait de lui-même, comme il était satisfait chaque fois qu'il contemplait les meubles coûteux dont il avait orné sa maison.

– Je suis allée voir Alessio, dit Nicolina qui revenait. Il dort mal, il se plaint…

Antonietta implora son mari du regard. Elle sortit et réapparut aussitôt ; elle s'avança vers don Lucio, à pas feutrés :

– Lucio ! appela-t-elle d'une voix timide et pleine de larmes. Je crois qu'il va plus mal !

Il feignit de se mettre en colère :

– Cela vous amuse de me tourmenter ? cria-t-il. D'empoisonner mes seuls moments de tranquillité, après une journée de fatigue !

Antonietta s'en retourna dans la chambre, le cœur gonflé d'humiliation. Jamais il ne les croyait, quand elles lui faisaient part de leurs craintes !

– C'est de ma faute, confia-t-elle à sa sœur, je n'ai pas la manière de dire les choses…

– Tu veux que je lui parle, moi ?

–Non, c'est inutile. Ce soir il est en colère. Va-t'en, Nicolina. Il va croire que nous complotons, ici, entre nous. Ce n'est pas bien.

Mais ce soir-là, l'humeur de don Lucio le disposait à la mansuétude. Il avait mangé de bon appétit, il digérait sans peine, il était satisfait. Le seul ennui, c'était d'entendre pleurer sa femme, à côté…

Il se leva enfin et entra dans la chambre, tandis que Nicolina, qui avait repris son ouvrage, pâlissait, apeurée.

Antonietta était assise auprès du petit lit, dans la pénombre. Il la trouva presque belle, ainsi abandonnée à son chagrin ; il eut envie de la serrer contre lui. Il avait l'impression de sentir le corps tiède et doux de sa femme pliant sous son étreinte.

Mais elle était loin de songer à cela. Tout son esprit était occupé par son fils malade.

Don Lucio regarda le lit avec un vague écœurement. Depuis sa naissance, cet enfant ne lui avait causé que des contrariétés, sans parler des soucis causés aux femmes.

– Petite sotte ! s'exclama-t-il avec une douceur inusitée dans la voix. Tu t'imagines que ton fils est mourant ?

Antonietta sursauta en entendant la voix de son mari. Mais, comme il souriait, elle osa expliquer :

– Même l'eau, il la rejette… Et puis… sens comme il brûle…

– On voit bien que tu manques d'expérience ! répliqua don Lucio sans regarder le petit malade. Si ta mère était là, elle te dirait que tu es stupide. Les enfants, c'est comme les journées de printemps…

Antonietta reprit un peu courage. Même si la présence de son mari l'impressionnait, elle lui faisait paraître dérisoires et sans fondement toutes ses craintes.

Mais le réconfort fut de courte durée. Don Lucio parti, elle fut reprise par la peur, dans cette chambre obscure et solitaire. L'enfant semblait assoupi ; son petit visage émacié, d'un blanc cireux, était effrayant. Elle le fixait de toutes ses forces, comme pour lui communiquer sa propre vitalité.

– Alessio, mon cœur… Alessiuccio… appela-t-elle à voix basse, afin de le voir ouvrir les yeux.

Mais elle pensa aussitôt que le repos pouvait lui faire du bien, et se remit à le regarder en silence. Tout son être était tendu vers l'enfant ; elle ne se souvenait plus ni de son mari ni de sa fille, à cette heure tardive. La maison aurait pu s'écrouler tout autour d'elle : sans bouger, elle aurait continué à veiller le malade. Personne ne se souciait du petit qui semblait dormir, mais ne goûtait pas le repos et souffrait. Il pouvait s'éteindre ainsi, dans ce grand silence, pendant que son mari continuait à remplir de chiffres ses feuilles quadrillées de rouge et de bleu... Qu'aurait-il fait, qu'aurait-il dit si elle s'était écriée : « Notre petit Alessio est mort ! » ?

L'aimait-il vraiment ? Sûrement, il devait l'aimer, parce que c'était le premier fils, un garçon... Sûrement... Mais un doute obscur traversait son esprit, comme le vol d'une chauve-souris...

En vérité, depuis sa naissance, Alessio n'avait suscité que des angoisses. Frêle, diaphane, trop sage, il semblait avancer dans la vie sous le regard de la mort...

Ces paroles terribles lui revenaient à la mémoire, maintenant qu'il était si malade. Qui donc les avait prononcées ? Il s'agissait d'Alessio, elle en était sûre... Elle lui avait redonné la vie plus d'une fois, toujours dans la souffrance. « Mon Dieu, gémit-elle, saurai-je le rendre robuste et joyeux, comme les autres enfants ? »

Son mari revenait, une bougie à la main.

– Tu ne vas pas te coucher ? s'écria-t-il.

– J'arrive. Ne lui envoie pas la lumière dans les yeux...

Elle se dévêtit et se coucha, par obéissance. Mais elle prit garde de ne pas s'endormir. À minuit, elle quitta son lit pour faire boire Alessio, et se leva encore deux fois pour surveiller sa température.

– Maman ! se lamentait le petit malade en la voyant. Il ne fait pas encore jour ?

Elle descendait du lit tout doucement, marchant pieds nus, pour ne pas réveiller son mari. Don Lucio se réveilla tout de même et, au matin, il lui dit :

– Tant qu'il ne sera pas guéri – et il fit un geste de la main vers le petit lit –, je dormirai en bas. Je ne peux pas perdre ainsi toutes mes nuits.

Antonietta baissa les yeux, mortifiée. C'était lui qui avait raison. Un homme qui doit faire travailler sa tête a besoin d'égards et ne peut sacrifier son sommeil, comme une femmelette.

Toutefois, elle ne put retenir ses larmes quand don Lucio sortit de la chambre pour aller prendre son café. Elle eut un grand frisson, elle se sentit définitivement seule et abandonnée, dans la pénombre de la chambre pleine des tristes exhalaisons de la fièvre.

Nicolina l'appelait. Elle quitta le chevet du malade pour ne pas irriter davantage son mari en le faisant attendre.

La jeune fille s'était levée très tôt et, le café préparé, avait balayé et rangé la grande pièce ; celle-ci, à cause de sa tapisserie sombre, et parce qu'elle donnait sur la ruelle, ne recevait pas la lumière du jour, jusqu'à une heure tardive.

Les vêtements de son beau-frère, déjà brossés et pliés, étaient prêts sur le divan, et ses chaussures, bien cirées, posées sur un tabouret afin qu'il n'ait pas à se plier pour les prendre. De la cuisine parvenait l'arôme du café fraîchement préparé.

Antonietta avala son café et, comme sa sœur passait à la hâte, tenant un essuie-main blanc, elle lui lança :

– Je retourne auprès d'Alessio, Nicoli'... Prépare le petit déjeuner !

Nicolina ne répondit pas. Sachant que sa sœur ne pouvait penser aux travaux domestiques, elle s'était déjà occupée de tout, depuis la veille au soir. Dans la cuisine, don Lucio se lavait ; il frottait ses bras nerveux et velus, ses joues rasées, avec une savonnette parfumée, puis se rinçait abondamment. Nicolina attendit humblement qu'il eût fini, surmontant l'impression désagréable que lui procurait la vue de ces bras nus. Elle lui apporta ensuite sa brosse à dents. Enfin, elle se souvint qu'Antonietta le coiffait. Don Lucio s'assit devant le balcon fermé, une serviette sèche autour du cou.

– Voyons ce que tu sais faire.

Antonietta versa quelques gouttes de lotion sur les touffes de cheveux clairsemés, frotta légèrement avec une petite éponge jusqu'à ce que la peau devienne rosée. Elle prit ensuite le peigne.

– Est-ce que c'est bien ?

– C'est bien.

– Je ne vous fais pas mal ?

– Non. Continue.

Nicolina était adroite. Depuis longtemps, elle avait observé, et appris, le moindre mouvement de sa sœur lorsqu'elle coiffait son mari, deux fois par jour. Elle s'appliquait à le coiffer avec la même lenteur, travaillée par la crainte de mécontenter son beau-frère qui confiait la calvitie rose de son crâne à des mains inexpertes.

– Est-ce que c'est bien ?

– C'est bien.

– Je ne vous fais pas mal ?

Don Lucio savourait son premier plaisir de la journée. Le massage lent et régulier le détendait agréablement ; les épaules bien appuyées contre le dossier, les yeux mi-clos, il s'abandonnait tout entier à cette petite sensation voluptueuse.

– Ça suffit, décida-t-il au bout d'un moment.

Nicolina rangea les peignes et le flacon, et courut faire sa toilette. Ensuite, vive et légère, elle monta dans les chambres. Carmelina s'était réveillée ; elle l'habilla, lui brossa les cheveux, elle remit en ordre les deux chambres avec cette vivacité de gestes qui lui était naturelle et qui déplaisait tant à don Lucio. Elle redescendit et prépara le petit déjeuner. Elle mesurait à nouveau tous ses mouvements, comme elle l'avait appris en servant son beau-frère.

Elle disposa la nappe, beurra le pain blanc – on le préparait spécialement pour lui, avec de la fleur de farine –, et versa le lait, ni trop chaud, ni froid. Tandis qu'il mangeait – un médecin lui avait conseillé de mâcher trente fois chaque bouchée, lentement –, elle se tenait prête à beurrer d'autres tartines, à ajouter du lait ou du sucre, toujours aiguillonnée par la crainte de ne pas le satisfaire. Attentive à le servir, elle ne se souciait ni des nombreuses tâches qui l'attendaient ni de préparer le petit déjeuner pour elle et Antonietta. Elles, les femmes, se contentaient d'un peu de pain et d'un morceau de fromage qu'elles mangeaient debout. Elle épiait le visage de son beau-frère, guettant un signe d'approbation. Mais don Lucio était sombre comme la nuit. Il alla dans la chambre, à pas len traînant ses pantoufles.

Antonietta le regarda à travers ses larmes.

– Lucio, comment le trouves-tu ? demanda-t-elle d'une voix plaintive.

Don Lucio lorgna le malade qui le fixait de ses yeux ardents et dilatés.

– Il est enrhumé, dit-il avec irritation. Il a les yeux qui pleurent, tu ne vois pas ? Il a besoin d'une bonne suée.

Et il s'éloigna pour s'habiller. Il ne pouvait supporter les scènes de malades qui se plaignent, de femmes qui pleurent... Qu'attendaient-elles de lui ? Pourquoi se plaisaient-elles à le tourmenter, en le poursuivant de leurs regards douloureux, tout chargés de reproches ? Ce n'était pas lui qui tenait dans ses mains la santé de ce garçon ! Il avait fait un bon petit déjeuner et elles s'appliquaient à le lui gâcher, voilà tout !

Eh bien, non, la vie d'un enfant n'est pas aussi utile que celle d'un homme qui travaille et produit. Que la sienne, en somme. Il avait le cœur malade, lui. On lui avait interdit toute émotion. Et elles s'acharnaient à lui empoisonner l'existence avec leurs petits soucis, leurs craintes stupides de femmes bornées. S'il venait à mourir, elles auraient fini de manger à leur faim !

Mais ces pensées étaient fâcheuses et inopportunes, comme la vue de l'enfant malade. Il ne fallait pas penser à « cette chose-là ». Il se tâta les jambes, les bras, se regarda longuement dans le miroir, d'où son image semblait émerger comme d'une eau verdâtre. Il était bien vivant, il respirait, il voyait. Il inspira profondément. S'examinant, il se trouva deux nouveaux cheveux blancs ; il les arracha et les jeta avec horreur. Il n'était plus très jeune. C'était sans doute le début de la déchéance physique, alors qu'une autre créature allait lui survivre. Chaque jour supplémentaire était un pas vers la mort ; pour l'autre, c'était un pas vers l'avenir. Ils avançaient vers deux destinations opposées. C'était ainsi. La Nature le veut ainsi.

Comme il s'habillait pour sortir, il jeta un regard involontaire vers le petit lit. Il détourna les yeux aussitôt.

Oui, l'autre guérirait sûrement. Toute une vie s'ouvrait devant lui, une vie fraîche et neuve...

Antonietta regardait son mari, désolée. Elle voyait croître sa colère.

Il avait raison. Voilà plusieurs jours qu'elle le négligeait ; Nicolina, sans doute, ne parvenait pas à le contenter. Pour se faire pardonner, elle brossa soigneusement sa veste et l'accompagna jusqu'au vestibule où Nicolina attendait, tenant à deux mains le pardessus clair qu'il enfila sans dire un mot. Sur le pas de la porte il se retourna lentement et dit d'une voix âpre, sans regarder ni l'une ni l'autre :

– N'oublie pas que je veux trouver mon lit dans le petit salon.

Une fois seules, les deux sœurs éprouvèrent un soulagement inavoué. Dans la maison, la vaste maison sans lumière, on respirait soudain plus librement. Nicolina demanda :

– Comment va-t-il ?

– Mal, petite sœur. J'ai peur. Ce qui m'inquiète le plus, c'est de ne pas savoir ce qu'il a.

Et, comme les yeux de Nicolina questionnaient encore, elle ajouta :

– Pour « lui », ce n'est pas grave. Il est comme tous les hommes... Il trouve que j'exagère...

– Et pourtant, juste ciel, souviens-toi de papa, quand Alfonso a eu sa méningite...

– Papa, c'était le merle blanc. Les hommes sont tous comme Lucio. Crois-en mon expérience, Nicolinedda.

Nicolina soupira. C'était sûrement vrai.

Elle alla voir son neveu. Mais, devant ce regard grave et intelligent d'enfant malade demandant du secours, elle se troubla, oppressée. Elle perçut elle aussi le poids de la solitude dans la maison. Elles ne connaissaient personne auprès de qui trouver un réconfort, un conseil. À leur porte ne frappaient que des inconnus, des gens qui demandaient don Lucio d'un ton humble, dévisageant les femmes avec hostilité.

Elle sortit de la chambre, pour se libérer de cette sensation d'angoisse et de solitude, et entreprit d'installer un lit métallique dans le salon ; Carmelina lui tournait autour, excitée par l'événement.

Il ne fallait pas que don Lucio eût l'impression de camper ; elle transporta donc dans le petit salon – après avoir enlevé le tapis oriental et la pendule de bronze, sous sa fragile coupole de verre – toutes les menues commodités dont il aimait à s'entourer : le petit bac de cristal qui contenait la savonnette parfumée, l'éponge, la brosse à dents, le joli miroir ovale. Le mystérieux coffret d'ébène qu'il gardait toujours fermé à clef, sur la commode. Le coffret de couleur fauve, pour les peignes. Le boîtier renfermant la petite lime d'acier et les ciseaux à ongles aux pointes recourbées. Et enfin, le nécessaire à barbe, pour se raser à la maison, un jour sur trois. Nicolina vénérait ces menus objets qu'elle posait, les uns après les autres, sur les meubles du salon. Des choses qui semblaient inutiles, tout au moins superflues… Son père, Dieu du ciel, était si simple ! Et même les frères de ses amies d'autrefois… Il était si différent des autres !

En fermant les volets pour empêcher le soleil d'entrer dans le salon métamorphosé, elle songea qu'une pauvre fille comme elle, faite pour travailler dur, n'aurait jamais osé dormir dans une chambre aussi luxueuse.

« Pour sûr, pensa-t-elle avec conviction, il est différent de tous les autres. » Et elle s'en voulut de ne pas s'être montrée confiante envers lui, lorsqu'elle s'était retrouvée seule avec Antonietta. S'il ne s'alarmait pas, c'est parce qu'Alessio ne courait aucun danger. Il savait ce qu'il est bon de faire ; il était sûr de lui et comprenait tout de la vie aussi clairement qu'il aurait lu un livre ouvert. Il fallait se fier à lui, le cœur tranquille.

Et elle ressentit à nouveau un élan de gratitude et d'admiration, qui paraissait combler la distance la séparant, pauvre fille qu'elle était, de son beau-frère.

Il aurait pu épouser une dame de la ville, riche et instruite ; au lieu de quoi il avait daigné regarder la petite Antonietta, qui ne lui avait apporté en guise de dot que son trousseau, et en guise de bijoux ses seules vertus de ménagère…

« Eh bien, oui, se disait-elle, s'attardant émerveillée au milieu de la chambre sombre, Antonietta a eu de la chance… »

Ces petites contrariétés passées, sa sœur goûterait à nouveau la joie d'appartenir à un homme qui savait la guider, d'avoir une maison bien à elle, des enfants à elle

… Oui, elle avait eu de la chance. Il ne lui manquait rien, ou presque, pour être heureuse.

L'histoire du mariage d'Antonietta était très simple.

Depuis quelques années, don Lucio Carmine était administrateur, mieux, homme de confiance du baron Rossi. Chaque printemps il se rendait à Sant'Agata, où le baron possédait des terres et des maisons, afin d'encaisser l'argent, et c'était le secrétaire communal, don Pasquale Restivo, qui le recevait.

Du fond de son bon cœur, don Pasquale lui gardait une telle reconnaissance qu'il se serait fait couper les mains pour lui.

Voici toute l'histoire : le secrétaire s'était mis dans la tête de faire du commerce, pour que ses filles aient une dot, et il s'était lancé dans la fabrication. Mais il avait agi comme s'il avait pris la haute mer dans une fragile embarcation… Il dépensa rapidement son maigre capital. Alors qu'il était, comme on dit, dans le pétrin, sa femme avança le nom de don Lucio Carmine.

– Il n'est pas riche, mais l'argent ne lui manque pas. Il sera discret, puisque le baron l'a choisi comme homme de confiance. On dit qu'il a prêté de l'argent au pharmacien quand il s'est ruiné au Jeu…

C'était peut-être un ange, peut-être un esprit malin qui inspirait la pauvre femme. Mais, pressé par la nécessité, qui distingue le bien du mal ?

Don Pasquale se rendit jusqu'à la ville pour rencontrer don Lucio ; il signa des traites, donna en garantie la maison et une parcelle de terre qui lui procurait son blé de l'année. Don Lucio vint à Sant'Agata, avec un ami expert qui estima la maison et la terre ; et il avança l'argent.

Une providence, à ce moment-là !

Le temps passa rapidement. Don Pasquale, qui n'avait rien d'un homme d'affaires, continua à se ruiner dans cette fabrique qui semblait la proie d'une malédiction. Et un soir, au moment où il s'y attendait le moins, il reçut une carte de visite de M. « Lucio Maria Carmine, secrétaire du baron Rossi, etc., Président de l'Union des Commerçants, etc., etc., Membre de la Ligue pour l'Enfance abandonnée… »

Il était au village et faisait « observer » que les traites arrivaient à échéance.

Don Pasquale courut comme un désespéré au petit hôtel où logeait don Lucio. Celui-ci l'accueillit avec sa froideur habituelle.

– Nous verrons... se bornait-il à répondre, sans lever les yeux – il ne portait pas encore de lunettes – de ses papiers éparpillés devant lui. Nous verrons... Mais je me retrouve à découvert. J'ai fait des sacrifices pour vous.

– Vous avez raison ! gémissait le secrétaire. Vous avez entièrement raison ! Mais pensez à la situation d'un pauvre père de famille ! Vous, vous êtes jeune, vous ne savez pas ce que cela signifie ! Il y va du nom des Restivo ! Quelle honte ! Comment regarder les gens en face, si on nous enlève la maison ? Nous n'avons pas eu le temps. Mais à présent nous paierons. Vous avez raison. Mais vous ne perdrez rien. Vous avez affaire à un homme d'honneur. J'ai toujours payé les intérêts jusqu'à aujourd'hui...

– Et qui vous parle d'intérêts ? Vous me prenez pour quelqu'un qui fait un beau métier ! interrompit don Lucio, levant la voix et le menton. Faites donc du bien aux gens, vous serez récompensé !

– Je ne voulais pas vous offenser ! expliqua le secrétaire, respirant à grand-peine. Je ne vous demande rien d'illégal !

– Nous verrons... répéta don Lucio qui, avec sa longue silhouette et son air renfrogné, sa touffe de cheveux à moitié gris sur une tempe, semblait plus âgé qu'il ne l'était réellement. Je ne suis pas méchant. Je ne ferais pas de mal à une mouche, moi, et j'ai la conscience aussi nette que celle d'un enfant au berceau. Mais comprenez-moi ! J'ai attendu bien trop longtemps et je me retrouve maintenant à découvert...

Il lui plaisait de se faire prier et supplier par un homme déjà âgé, que tout le village respectait, et qui maintenant se tenait debout devant lui, nu-tête, les mains tremblantes et tendues en avant comme pour se protéger d'un danger.

– Nous verrons…

Il ne disait rien d'autre, faisait mine de fouiller dans ses papiers, l'air ennuyé. Enfin, il ajouta :

– Je vous ferai parvenir une réponse.

Le secrétaire s'en alla, la mort dans l'âme.

Tous les soirs, en rentrant chez lui, il demandait :

– Il est venu ? Il a écrit ?

– Il n'est pas venu. Il n'a pas écrit… répondait sa femme. Mais ne t'inquiète pas. Avec les amis et la famille…

– Oui ! Les amis et la famille ! s'écriait le secrétaire au désespoir. Tu veux que j'étale publiquement mes problèmes ? On tourne toujours le dos aux malades et aux pauvres, tu le sais bien !

– Et maître don Biasi… ?

– Maître don Biasi ? Me fourrer dans les griffes d'un usurier ? Pour qu'il nous tonde complètement !

Une semaine entière se passa ainsi. Un véritable calvaire. Même les enfants pensaient aux traites et ils en parlaient à voix basse, lorsque leur père n'était pas là. Enfin, don Lucio donna signe de vie. Il renouvelait les traites, à longue échéance, et rachetait la fabrique dans l'état où elle était – cette fabrique qui avait englouti tous les capitaux, comme le fond d'un puits. Il fallait en prendre son parti. Ce qui était fait était fait. Il s'agissait maintenant de payer, sans plus jamais envisager de spéculations erronées.

Pour don Pasquale Restivo, ce fut une résurrection. Ce qui le consolait par-dessus tout, c'était qu'au milieu d'une telle catastrophe, on n'avait pas touché à la terre.

– Mais, dit sa femme, il y a un risque. La terre est là comme garantie. Et si…

Le secrétaire se rembrunit. Mais il reprit courage aussitôt. Sottises. Sa dette, il la paierait, quitte à manger du pain sec.

– L'année prochaine, conclut-il, nous l'inviterons à déjeuner. C'est un homme d'honneur.

Il en parlait avec autant de respect que s'il s'était agi du député en personne.

– Un homme d'honneur ! À sa place, un autre m'aurait ruiné. C'est vrai que j'y ai laissé quelques plumes… Mais peu importe. La terre et la maison sont à nous. Et personne ne nous les prendra.

La nichée d'enfants l'écoutait bouche bée. Ils avaient presque peur de ce grand bonhomme renfrogné qui pouvait faire la pluie et le beau temps, comme Dieu le Père.

À cette époque, Caterina, l'aînée, avait environ vingt ans ; puis venaient Antonietta, Nicolina et les petits frères. L'année suivante, don Lucio fut invité à déjeuner, les jours où il s'arrêtait à Sant'Agata.

Cette invitation à déjeuner devint une coutume. Sitôt informées de l'arrivée de don Lucio Carmine, donn'Amalia et ses filles s'affairaient comme pour les fêtes de Pâques. Elles nettoyaient en grand toute la maison, lavaient même les vitres, astiquaient les poignées de cuivre des portes, et sortaient du coffre à linge la nappe de lin aux initiales rouges et blanches, pour recevoir dignement l'hôte qui arrivait de la ville. Sa venue, que marquait un déjeuner plus abondant que d'habitude, réjouissait toujours les enfants du secrétaire.

Seule, Antonietta conservait une peur indéfinissable. Ce jeune homme qui semblait vieux avant l'âge, qui mâchait sa nourriture avec une lenteur exaspérante, qui parlait peu et ne riait jamais l'intimidait tellement qu'elle en perdait la respiration, comme si l'air lui avait brusquement manqué, dans la petite salle à manger ensoleillée. Avec le temps, cette peur devint presque agréable, intéressante. Sans savoir pourquoi, elle attendit les visites de don Lucio avec une certaine impatience. Peut-être l'attendait-elle comme l'unique distraction qui venait interrompre sa vie casanière.

Il arrivait régulièrement, chaque printemps, accompagné de son ami, l'expert qui avait estimé les biens des Restivo. Il ne venait pas uniquement pour le compte du baron, mais aussi pour régler des affaires personnelles et pour visiter la fabrique qui se construisait à vue d'œil et qu'il avait l'intention de revendre, une fois terminée.

Tout en travaillant dans le petit potager, derrière la murette chaude de soleil, en été, Antonietta pensait à don Lucio et essayait d'imaginer la maison où il habitait tout seul… Mais elle riait d'elle-même aussitôt, intérieurement, car il lui semblait stupide de laisser vagabonder son esprit autour de quelqu'un qui ne l'avait peut-être même pas remarquée. Renfermé et taciturne, l'hôte annuel ne lui avait jamais jeté un regard, ni adressé la parole directement. Pour lui, elle n'était que l'une des filles de son débiteur... Peut-être était-il déjà fiancé à une demoiselle de la ville, riche et belle.

La petite Antonietta se trompait. Au cours de ses brèves et rares visites, don Lucio l'avait étudiée et observée. Depuis trois ans, il acceptait les invitations à déjeuner pour ne pas se gâter l'estomac avec la cuisine douteuse de l'auberge, et pour connaître à fond la fille cadette du secrétaire.

Nicolina était trop jeune. Caterina affirmait un caractère renfermé, orgueilleux ; ses manières un peu trop brusques et la façon qu'elle avait de vous regarder laissaient entrevoir une trop grande assurance et le désir de faire la loi.

Antonietta lui plaisait. Elle n'était pas belle, mais pas laide non plus. Ses yeux châtains étaient pleins de douceur. Sa robe sombre dessinait un corps déjà formé et bien fait. Ses mains rêches et larges, ses poignets solides connaissaient la fatigue des travaux domestiques les plus humbles. Elle lui plaisait. C'était pour lui l'image même de la femme. Il se souvenait confusément de ses deux sœurs et ne pouvait supporter les jeunes citadines qui font les coquettes et fréquentent les écoles de garçons. Il songeait depuis longtemps à prendre femme ; à présent, il avait enfin trouvé la jeune fille qui lui convenait. Mais il lui fallait s'habituer à l'idée de devoir vivre avec Antonietta, et surtout s'assurer de la docilité de son caractère, qui devait être aussi malléable que de l'argile fraîche.

Une autre chose était nécessaire : attendre que don Pasquale Restivo ait fini de le payer – en peu de temps, les intérêts avaient dépassé le capital –, car les affaires et les sentiments ne font pas bon ménage.

Quand le moment lui sembla venu, il se décida. Pour s'éviter la fatigue d'un voyage supplémentaire, il attendit d'aller à Sant'Agata pour le compte du baron. D'ailleurs, il n'était guère impatient d'emmener Antonietta dans la vaste maison où il habitait seul et où, de temps à autre, il faisait venir une maîtresse entièrement à sa dévotion. C'était la cinquième année qu'il était l'hôte du secrétaire, dont l'accueil était toujours aussi empressé.

Il parla de la jeune fille avec gravité ; de temps en temps, machinalement, par un amour inné de l'ordre et de la propreté, il balayait de la main le mil que, de leur cage, les canaris faisaient tomber sur ses genoux. Le secrétaire resta émerveillé devant tant d'honnêteté et de délicatesse : ce jeune homme avait fréquenté sa maison avec un sentiment bien défini sans troubler la paix d'Antonietta ni profiter de sa situation de créancier…

On alla chercher Antonietta tout de suite. Elle était dans le potager ; elle écossait des petits pois dans un panier et chantait avec Nicolina. Les voix fraîches et joyeuses des deux sœurs parvenaient dans la salle à manger.

Dans l'escalier, sa mère la prit par la main et murmura :

– Ma fille, don Lucio Carmine est venu te demander en mariage.

Antonietta pâlit. Bouleversée, elle voulut s'enfuir. Mais sa mère l'entraîna doucement dans la salle à manger. Don Lucio tournait le dos à l'entrée, obscurcissant de sa longue silhouette toute la porte vitrée ; le secrétaire lui montrait du doigt, au loin, des potagers qui avaient appartenu, autrefois, à la famille Restivo. Ils se retournèrent. Antonietta se tenait au milieu de l'entrée, le visage plus blanc que cire ; elle regardait autour d'elle et semblait implorer du secours, éperdue, la gorge nouée…

– Tu as l'air d'une petite idiote… dit sa mère en souriant. Qu'est-ce que monsieur don Lucio va penser de toi ?

Tout le monde était embarrassé. Don Lucio dit alors :

– Je veux que la réponse de donna Antonietta soit bien réfléchie.

Et il sortit. C'était se comporter en homme d'honneur, là aussi. Mais Antonietta fut encore plus troublée, comme si on l'avait abandonnée sur une route déserte. Si l'hôte lui avait jeté un regard, s'il lui avait dit un mot gentil, son cœur se serait ouvert à la joie et à l'amour comme une fleur qui s'épanouit aux rayons du soleil. Quelle était donc cette grande peine qui l'oppressait ? Elle se mit à pleurer doucement, le visage enfoui dans son tablier. Le canari continuait à sautiller dans sa cage et des grains de mil restaient pris dans ses cheveux noirs et luisants.

– C'est normal, elle se laisse un peu aller, dit le secrétaire. Toutes les jeunes filles en font autant. Tu te souviens, Amalia ?

Et donn'Amalia et don Pasquale hochèrent la tête, se souriant tendrement, comme deux grands enfants : ils se souvenaient des jours lointains, remplis du bonheur d'être jeunes et de s'aimer. Quels beaux jours ! Donn'Amalia aussi avait pleuré, ce jour-là, et les autres souriaient. Et puis, on avait fait faire le portrait – celui qui était au mur du salon, un peu jauni maintenant –, elle assise, lui debout, une main posée sur le dossier du fauteuil, raides et bombant le torse, pour être bien ressemblants, le cœur battant à tout rompre... Quels beaux jours ! Tout s'était évanoui peu à peu, comme le soleil, au crépuscule, disparaît dans la mer.

Et leur tendre histoire passée, ils croyaient la revivre à travers leurs enfants. Nicolina, qui montait, trouva Antonietta les yeux rougis. Elle pâlit elle aussi, car elle adorait sa sœur.

– Ce n'est rien, expliqua sa mère, d'une voix qui tremblait un peu. Don Lucio Carmine est venu la demander en mariage.

Nicolina ne demanda pas si Antonietta avait accepté. Elle se mit à rire, rassérénée, et répéta comme une cantilène, comme si elle avait raconté à un enfant un conte de fées :

– Barbe-Bleue est arrivé ! Donnez-moi la plus gentille des trois sœurs !

– Mais tais-toi donc ! s'écria Caterina, qui n'avait pas dit un mot. Tu plaisantes toujours quand ce n'est pas le moment ! Eh bien, qu'as-tu à rire, maintenant ? Aide-moi plutôt à mettre la table.

Caterina souffrait beaucoup que sa sœur se marie. La vie n'était-elle pas douce ainsi ? Ils étaient tous unis, tous ensemble, comme les grains d'une même grappe...

Maintenant l'une d'elles devait quitter la maison paisible, pour suivre un étranger. Elle aurait voulu lui demander : « Il te plaît ? Tu veux vraiment l'épouser ? »

Mais elle garda le silence. Elle ne devait pas, avec ses mots, se mettre entre sa sœur et le destin.

Peut-être pour la même raison, chacun évita de parler de « l'événement ».

Et cette matinée se passa comme les autres, à s'occuper des tâches ménagères, auxquelles s'ajoutait le déjeuner de l'invité.

Le soir, au dîner, don Lucio Carmine offrit à Antonietta, sans lui demander si elle avait réfléchi, une bague coûteuse qui fut trouvée extraordinairement belle. Et après son départ, les choses redevinrent comme avant.

Les grands événements furent le trousseau de la future mariée, les visites des amies qui venaient la féliciter et satisfaire leur curiosité. Toutes envièrent la jeune fille ; beaucoup s'offrirent le plaisir vénéneux de murmurer qu'il s'agissait d'un mariage arrangé, que le secrétaire donnait sa fille à un étranger au pays, sans même le connaître, en guise de remerciement pour l'histoire des traites...

Pendant quelque temps, on ne parla que de cela, puis on n'en parla plus, comme cela arrive lorsqu'un événement fait quelque bruit…

Antonietta ne parvint pas à vaincre sa timidité devant son fiancé. Il vint encore deux ou trois fois, pour « s'habituer » et donner des conseils au sujet du trousseau, veillant à ce qu'ils ne fassent pas de dépenses inutiles ou inconsidérées. Antonietta ne « s'habitua » jamais. Elle se persuada de plus en plus qu'elle était une pauvre créature qui ne se sentirait jamais à l'aise avec cet homme avisé et taciturne, et ne saurait jamais s'en faire aimer. « Pourquoi m'a-t-il choisie, moi ? » se demandait-elle, effarée. Et il lui semblait traîner un poids insupportable.

La veille des noces, elle osa demander à son fiancé une grande faveur, « une grâce », dit-elle.

Elle souhaitait emmener Nicolina pour ne pas être seule dans la nouvelle maison, au moins pour les premiers jours.

– C'est encore une enfant, vraiment. Elle ne sera pas gênante.

Certes, en quoi pouvait-elle être gênante ? Don Lucio s'était accoutumé à voir Nicolina auprès d'Antonietta, témoin joyeux et inévitable de leurs brefs tête-à-tête de fiancés ; il consentit tout de suite.

Ainsi, Nicolina rangea ses affaires dans sa malle – une de ces malles peintes en vert qui arrivent de Palerme pleines de pâtisseries. Elle eut un sac de voyage et un manteau. Elle était heureuse de partir pour la ville et affichait son bonheur au point de paraître elle-même la mariée.

– La mariée sans alliance et sans mari… disait-elle à ses amies, en riant. Quand elle descendit les escaliers, précédée du porteur chargé de la malle verte, elle frémissait, impatiente comme un oiseau qui s'envole du nid. Elle quittait la maison et sa mère sans l'ombre d'un regret, avide qu'elle était de voir des choses nouvelles. Et puis, elle savait qu'elle reviendrait vite.

Il était convenu qu'elle resterait avec sa sœur un peu plus d'un mois, un mois et demi. Mais Antonietta voulut reporter le départ et son mari accepta, pour lui faire plaisir.

Antonietta ne pouvait s'accoutumer à l'idée de rester seule, en laissant partir sa jeune sœur. En présence de son mari, elle n'osait pas avoir de désirs. Elle était une pauvre chose sans volonté. S'il avait eu la fantaisie de lui ordonner : « Jette-toi par la fenêtre ! » elle se serait jetée la tête la première, aveuglément. S'il lui disait : « J'ai du travail », elle marchait sur la pointe des pieds, parlait par signes avec Nicolina, quittait même la pièce pour ne pas le déranger. L'appelait-il ? Elle accourait immédiatement. Et lorsqu'il le voulait, elle s'abandonnait contre lui, totalement passive.

Elle n'était pas heureuse. Dans son cœur, il y avait un grand froid qui interdisait la joie. Si elle restait un moment dans les pièces du bas, elle se sentait inquiète, perdue dans ce silence, et elle courait chercher Nicolina. Elle pensait avec angoisse au jour où celle-ci devrait la quitter définitivement.

Elles s'asseyaient toutes deux sur le balcon qui dominait la ruelle et travaillaient, bavardant comme deux bonnes amies. Elles parlaient peu du présent, évitant de nommer don Lucio, et beaucoup du passé, ce passé uniforme qui se présentait maintenant à leur mémoire avec des attraits autrefois invisibles. Elles en parlaient comme d'un trésor perdu pour toujours. Pourtant, elles ne se plaignaient jamais. Leur tristesse n'avait pas de raison précise. Elles la respiraient dans l'air ; la maison entière en était imprégnée, cette maison vaste et isolée où le moindre bruit résonnait lugubrement ; elle montait de la ruelle sombre, où l'on voyait parfois une pauvre créature, la Rossa, accroupie dans l'escalier effrité de sa maison. Le premier étage, aux deux grands balcons de fer toujours fermés, semblait inhabité. Parfois une femme pâle, vêtue de noir, apparaissait à la fenêtre ; elle arrosait un géranium chétif. C'était une veuve encore jeune, qui vivait avec son père paralytique.

Don Lucio avait dit un jour, d'un ton sentencieux :

– Des maisons comme celle-ci, en ville, on en trouve peu. La porte fermée, nous n'avons plus rien à faire avec les voisins.

De la ville à peine entrevue, elles gardèrent une impression confuse et pénible. La ville, « pleine de rues bondées dans lesquelles nous nous serrons contre don Lucio pour ne pas nous perdre, pleine de gens que nous ne connaîtrons sans doute jamais, qui ne nous adresseront jamais un sourire amical », la ville demeura lointaine, inconnue, presque effrayante.

Elles parlaient toujours du départ de Nicolina, qui perdait peu à peu les belles couleurs de la santé. Mais Antonietta ne pouvait se résoudre à la séparation.

Quand arriva le télégramme annonçant la mort brutale du secrétaire, le départ de Nicolina parut totalement hors de propos. Don Lucio les autorisa à rendre visite à leur mère. Au retour, Nicolina suivit sa sœur, comme si cela allait de soi ; et elle pleura amèrement, cette fois ; elle savait qu'elle retournait dans la sombre maison de la ruelle, non pas pour faire plaisir à la jeune mariée, mais pour accepter la généreuse hospitalité de son beau-frère.

La petite maison rose de Sant'Agata, avec les deux peupliers sveltes qui l'encadraient, ferma ses volets. La veuve se limita à habiter deux pièces. Elle mit une pancarte sur le portail ; on pouvait y lire : « À louer ». Petit appartement avec cuisine ». L'idée de l'expression « À louer » était de don Lucio, habitué à la ville. Mais évidemment, ce fut inutile, car tous savaient qu'il s'agissait de loger chez l'habitant. On monta quelques meubles au grenier, on en laissa quelques-uns par-ci, par-là, dans les pièces vides. La famille se dispersa, se désunit. Un oncle de San Fratello prit Alfonso chez lui. Le grand-père paternel s'occupa d'Antonio…

Caterina dit :

– Le départ d'Antonietta nous a porté malheur. C'est ainsi : quand la première pierre tombe, le mur entier se lézarde et s'écroule…

Don Lucio promit de s'occuper lui-même de l'avenir de l'orpheline, Nicolina, et de ne pas oublier la veuve. Au village, on l'admira, on le plaignit. Qu'il l'ait voulu ou non, il avait fait un mauvais mariage ! Voilà qu'il se retrouvait avec une famille entière sur les bras ! Comme il sortait de la maison, aussi raide qu'une armure, précédé des deux femmes en deuil et qui sanglotaient en regardant la pancarte « À louer », plusieurs personnes s'approchèrent pour lui serrer la main.

Les deux sœurs, qui se retrouvèrent dans la maison de l'impasse comme après un mauvais rêve, se lièrent encore plus fortement l'une à l'autre. Leur reconnaissance envers don Lucio fut sans bornes. Songeant à la famille appauvrie et dispersée, elles comprenaient ce que représentent une maison confortable, un garde-manger plein, et surtout la chance qu'elles avaient de pouvoir se fier à un homme qui pourvoit au présent et à l'avenir. Il n'était pas seulement le mari d'Antonietta, mais aussi une sorte de bienfaiteur. Dans l'abattement où les avait jetées leur récent malheur, elles voulurent le remercier comme elles le pouvaient.

Nicolina demanda instamment que l'on renvoie la servante, une vieille qui expédiait les gros travaux et faisait la lessive. Elle avait honte d'être à la charge de son beau-frère. Et comme à ce moment-là Antonietta était enceinte pour la première fois, elle se chargea de tout le poids de la maison.

Avec la naissance d'Alessio – un enfant chétif, qui semblait pétri de la souffrance de tous ces mois de deuil et de la mélancolie qui imprégnait la maison –, Nicolina n'eut plus un instant de répit.

– Nicolina, l'eau chaude !

– Nicolina, don Lucio va arriver et le dîner n'est pas prêt !

Et don Lucio ordonnait :

– Antonietta, dis à Nicolina de me préparer ma pipe. Dis à Nicolina de m'apporter mes souliers.

Et Nicolina, aussitôt, se mettait en quatre pour tout régler, pour satisfaire tout le monde. Elle était maigre, mais résistante. Elle semblait faite d'acier trempé. Antonietta, occupée à allaiter ou à changer l'enfant, l'appelait fréquemment :

– Va vite voir si Lucio a besoin de moi !

Les premiers temps, don Lucio était agacé d'avoir continuellement sa belle-sœur dans les jambes, et il maugréait contre le marmot qui lui volait les attentions de sa femme. Le regard étincelant, les mouvements vifs de Nicolina ne lui inspiraient pas confiance.

Puis, peu à peu, il s'habitua car la jeune fille se transformait en sa présence : à force de le servir, elle devenait aussi grave et silencieuse qu'Antonietta.

Avec le temps, en faisant ses comptes, don Lucio se félicita d'avoir fait le généreux : Nicolina valait plus qu'une servante, car une servante, il faut la payer ; Nicolina, elle, ne coûtait qu'un peu de nourriture et quelques vêtements…

Heureusement, elle et Antonietta n'avaient pas grand besoin de robes et de chaussures. C'est à peine si elles étaient sorties trois ou quatre fois. À la mort de leur père elles s'étaient enfermées, par nécessité. Le deuil, que l'on porte des années et des années, fait réaliser des économies… Et puis, le nourrisson qu'Antonietta allaitait… Enfin, elle recommença à souffrir, lorsqu'elle fut enceinte à nouveau…

Au reste, c'est la vie de toutes les femmes mariées.

Il n'était donc jamais question de respirer l'air du dehors. Don Lucio, de son côté, se gardait bien de faire miroiter une telle possibilité. Que d'ennuis en perspective ! Il aurait fallu une bonne pour porter l'enfant qui ne marchait pas encore, un châle noir pour Antonietta qui ne pouvait pas s'exhiber dans cet état… Des dépenses folles, inutiles ! En outre, il lui aurait fallu modifier ses chères habitudes. Adieu pipe de l'après-midi, adieu dégustation de citronnade… Non, cent fois non, mieux valait que la vie s'écoule, aussi régulière que le tic-tac d'une horloge, et que les femmes restent à leur place. « D'ailleurs, se disait-il pour s'ôter tout scrupule, les religieuses cloîtrées s'en trouvent très bien et vivent longtemps. Elles ne gaspillent pas leur énergie inutilement. »

C'est après le dîner, une fois sa pipe fumée, qu'il ruminait ces idées tout en sommeillant ; et il concluait après s'être étiré les bras :

– Oui, le bonheur se trouve dans l'habitude.

Il regardait les deux sœurs occupées à coudre à la lumière de la lampe – don Lucio utilisait la lampe à huile, car le pétrole et le gaz lui irritaient les yeux – et demandait leur approbation.

Elles acquiesçaient d'un signe de tête, car tout ce qu'il disait ne pouvait qu'être vrai. Mais elles n'avaient pas vraiment écouté ses réflexions.

Silencieuses toute la soirée, elles avaient pensé avec intensité à la petite maison rose, à la pancarte « À louer », à la famille dispersée…

L'état d'Alessio empirait. Don Lucio se sentait confusément responsable de la vie de l'enfant malade.

– Il faudrait un médecin… disait timidement Antonietta.

– Bien sûr, un médecin… insistait Nicolina à voix basse.

À la seule idée qu'un étranger pénétrerait dans sa maison, s'emparerait de la confiance et de la reconnaissance de sa femme, il éprouvait un profond malaise.

Mais l'état de l'enfant s'aggravait. Et don Lucio, exaspéré par les pleurnicheries des femmes qui semblaient l'accuser d'indifférence, alla lui-même un soir à la pharmacie la plus proche pour appeler un médecin, le premier qu'il trouverait.

Tandis que la mère et la tante, le nez et les yeux rouges, attendaient, anxieuses, ne perdant pas un geste du médecin qui examinait le malade en silence, lui aussi se tenait là avec l'air important de celui qui se sacrifie pour accomplir son devoir. Il semblait dire : « J'ai fait tout ce qui était en mon pouvoir. » Et en vérité il avait la conscience tranquille. Désormais Alessio pouvait mourir, si tel était son destin ; les deux femmes n'auraient plus jamais le droit de lui faire des reproches.

C'était le typhus. Pendant cinquante jours, Antonietta ne quitta pas la chambre. Pour tenir debout, elle avalait un œuf cru, une tasse de bouillon. Elle ne s'intéressait à rien, à personne. Les mille soins à donner au malade, ses longs abattements, les rémissions passagères, c'était là tout son univers.

Don Lucio, qui avait grand-peur de la contagion, continua à dormir et à manger seul.

Les soins du ménage incombaient entièrement à Nicolina. Elle se levait bien avant le jour et se couchait tard dans la nuit, ne s'accordant jamais une minute de repos. Elle se chargeait des gros travaux comme des plus délicats, repassait, cuisinait, était partout. Elle veillait surtout à ce que son beau-frère ne subisse pas les conséquences de cette maudite maladie. Pendant les repas elle restait debout, même si ses jambes tremblaient de fatigue, prête à changer son assiette : comme il aimait manger chaud, elle réchauffait ses plats à la flamme de la lampe. Elle lui versait à boire, pelait ses fruits. C'était la tâche la plus délicate. Antonietta n'avait jamais réussi à peler une orange aussi bien qu'elle ; après l'avoir épluchée, elle la débarrassait des petites peaux blanches à l'aide d'un couteau pointu, ôtait le moindre filament, sans abîmer le fruit. Les poires et les pommes, elle les coupait en petits morceaux, dont l'un était joliment piqué au bout d'une fourchette en argent…

Se mettre à table avec son beau-frère, lorsqu'Antonietta n'y était pas, lui paraissait inconvenant. Elle mangeait un morceau après l'avoir servi, à côté de Carmelina qui l'attendait dans la cuisine comme un petit chat, espérant que sa tante rapporterait quelques restes des bons plats mijotés à part pour le maître de maison. Après avoir débarrassé, elle bourrait la pipe, préparait la citronnade, couchait la petite. Depuis qu'Alessio était malade, celle-ci dormait dans la chambre du haut, à côté de son lit. Elle attendait ensuite, recroquevillée dans un coin, les paupières lourdes et brûlantes de sommeil. Le temps semblait alors passer plus lentement ; le silence était à peine troublé par le faible battement de l'horloge et par le bruit de succion que faisait don Lucio tirant sur sa pipe. Dans un demi-sommeil, elle se disait que le balancier rythmait la marche du temps qui avance sans trêve, inexorable.

Elle attendait que son beau-frère pose sa pipe, lui demande les papiers posés sur l'étagère et lui dise, sans la regarder :

– Si tu as sommeil, tu peux aller te coucher.

Alors, elle allait dans la chambre pour souhaiter bonne nuit à Antonietta. Décoiffée, les traits tirés, celle-ci veillait le malade, dans la lumière incertaine de la lampe.

– Je monte. Tu n'as pas besoin de moi ?

Elle faisait un peu de ménage dans la chambre, aidait sa sœur à refaire le lit, tout doucement pour ne pas déranger l'enfant, et montait l'escalier de bois, enfin libre. Elle se déshabillait en hâte, éteignait et se laissait tomber sur son lit, à bout de forces.

Certains soirs, elle avait du mal à s'endormir. Elle sentait son corps parcouru de fourmillements, avait envie de pleurer, de fermer les yeux pour ne plus jamais se réveiller. La fatigue et le découragement, sans doute.

Avec la guérison d'Alessio, Nicolina se sentit délivrée. Parfois même, lorsqu'elle était toute seule, elle se surprenait à chantonner, comme aux temps insouciants de Sant'Agata. Elle sortait d'un cauchemar.

On débarrassa et remit en ordre le petit salon. On rouvrit toutes grandes les fenêtres. Alessio et Carmelina, qui, elle aussi, avait mauvaise mine, sortirent deux ou trois fois avec leur père. Mais comme don Lucio n'aimait pas marcher pendant les heures chaudes et que l'air frais était déconseillé au convalescent, il ne fut plus question de promenades. Au reste, les enfants sortiraient bientôt tous les jours, avec la rentrée des classes.

Tout redevint comme avant. Nicolina continua pourtant à servir elle-même son beau-frère. Lorsqu'il appelait, et que c'était Antonietta qui accourait, il lui disait :

– Si tu as à faire, tu peux envoyer ta sœur.

Et Antonietta envoyait Nicolina.

– Tu vas finir par me dépasser ! s'écriait-elle joyeusement.

Elle se déchargeait volontiers sur elle d'une partie des soins ennuyeux dont il fallait entourer don Lucio. Nicolina avait de la chance ! Elle était encore à l'âge où l'on fait les choses scrupuleusement...

Elle s'amusait bien, Antonietta, à voir l'anxiété avec laquelle sa sœur s'approchait de son beau-frère pour bourrer sa pipe, le soin méticuleux avec lequel elle lui épluchait ses fruits, lui préparait sa citronnade du soir...

– Nicolina te dépasse ! avait dit un jour don Lucio, avec bonne humeur.

– Ça ne m'étonne pas ! s'était écriée Antonietta. Si elle avait les soucis que j'ai !

– Mais au début…

– Au début c'était différent, bien sûr…

– … Il ne veut pas comprendre qu'une mère de famille ne peut pas s'occuper continuellement de son mari comme si c'était un bébé ! disait Antonietta pour se justifier.

Elle commençait à le coiffer avec un certain calme ; pourtant, au bout d'une dizaine de minutes, elle regrettait de perdre son temps et sa main devenait nerveuse, impatiente.

Mais les mains adroites de Nicolina étaient d'une régularité de machine. Elle passait et repassait le peigne dans les cheveux rares, préalablement lotionnés, sur le crâne rose et presque nu, longtemps, lentement, tandis que don Lucio, la pipe aux lèvres, s'abandonnait au massage avec volupté ; il fermait parfois les yeux, comme un chat que l'on caresse, lorsque le peigne lui chatouillait la nuque. Parfois il oubliait même que, derrière lui, il y avait quelqu'un qui risquait de se fatiguer, tant la main de Nicolina savait rester légère et régulière.

Don Lucio aidait matériellement la famille de sa femme. Il administrait la petite terre. Lorsqu'Antonio avait dû venir en ville pour passer son diplôme d'études techniques, il l'avait hébergé. Et il avait envoyé de l'argent à la veuve, trois fois, en cadeau.

– Écris à ta mère, disait-il à Antonietta à cette occasion en lui montrant l'enveloppe cachetée, que je fais tout ce qui est humainement possible, pour elle et pour vous.

Et il ajoutait :

– Dis-lui de me faire savoir avec précision de quelle façon elle compte utiliser mon argent. Le bon sens n'est pas son fort.

Et Antonietta, avant d'écrire, se débattait un bon moment, ne sachant comment formuler l'exigence de son mari sans blesser sa mère. Elle composait ensuite la lettre, avec l'aide de Nicolina. Quelqu'un qui ne l'aurait pas connu aurait pu mal le juger, le croire pingre… Alors qu'au contraire…

Le cadeau, accompagné de la lettre dont le ton affectueux cachait mal la rudesse de don Lucio, était apprécié doublement.

– C'est normal, répétait la veuve, cherchant à convaincre ses enfants qui murmuraient. Je ne peux pas prétendre à être traitée comme une princesse… Pour lui, je suis une étrangère. Il en fait déjà beaucoup trop… Pourvu qu'Antonietta soit heureuse, le reste importe peu.

Et elle rendait compte de l'utilisation de l'argent :

« Très cher gendre, sur les cinquante lires que vous m'avez envoyées dans votre très honorée lettre, j'ai payé vingt lires que je devais au cordonnier. J'ai donné vingt-cinq lires d'acompte à la tisserande qui venait tout juste d'armer son métier pour les draps. Avec les cinq lires restantes, j'ai acheté un peu de tissu à chevrons pour Caterina et moi, car nous avions besoin de blouses. »

Don Lucio ajustait ses lunettes ; il lisait et relisait cette pauvre lettre bordée de noir, tandis qu'Antonietta attendait, comme une enfant qui sait qu'elle va être punie.

– Voilà bien les femmes, disait enfin don Lucio. Pourquoi faire tisser des draps quand on n'en a pas les moyens ? Pourquoi acheter des chaussures à crédit ? Elle a liquidé jusqu'au dernier centime en un rien de temps. J'en étais sûr : envoyer mon argent à Sant'Agata ou le jeter par la fenêtre, c'est la même chose.

Antonietta ne soufflait mot. Don Lucio pliait la lettre lentement et l'enfermait dans le coffret de l'écritoire. Il était satisfait : sa belle-mère lui avait obéi, et il avait fait sentir la valeur de son cadeau.

L'administration des biens immobiliers du baron Rossi, que don Lucio gérait avec Marulli, le notaire – deux fermiers s'occupaient des terres –, lui prenait beaucoup de temps. Le baron, extrêmement riche, possédait aussi de très beaux immeubles en ville.

Don Lucio réclamait les loyers, négociait, ordonnait les réparations… Il était si économe, s'irritait si ouvertement lorsqu'on l'appelait pour lui montrer des dégâts importants, qu'il semblait en être de sa poche. Tous les immeubles et les maisons qui, du temps du vieux baron, étaient fermés et en mauvais état, maintenant rapportaient. Ces preuves continuelles d'intérêt et son activité valurent peu à peu à don Lucio la confiance totale du baron Rossi. Chaque printemps, il faisait un voyage pour exiger ou renouveler les locations dans les villages, et il se montrait intraitable avec ceux qui ne se trouvaient pas « en règle ». Afin de présenter au baron des comptes irréprochables, il prêtait volontiers son propre argent aux retardataires qui pouvaient rembourser. Ainsi, sans s'en rendre compte, il se retrouva rapidement faisant commerce de ses propres capitaux. Avec le temps, la chose devint notoire. Comment ? Mystère. En tout cas, on s'adressa à lui même en ville, en cachette. Des femmes d'employés modestes, des retraitées venaient le chercher chez lui, ou l'attendaient sous la porte cochère, sachant qu'il ne voulait pas recevoir de débiteurs, heureuses d'avoir affaire à un « monsieur » qui n'étalerait pas leurs difficultés sur la place publique et ne leur volerait pas un sou. Elles lui donnaient en gage des bijoux qu'il cachait dans le mystérieux coffret d'ébène.

Dans ses conversations avec sa femme, il ne parlait jamais de ses petites spéculations, malgré le plaisir qu'il aurait eu à lui montrer le prix du confort dont il l'entourait.

Il était convaincu d'exercer un commerce légal : après tout, il se contentait de tirer d'embarras des malheureux qui, sans lui, seraient tombés entre les griffes d'un usurier… Mais il craignait qu'Antonietta et Nicolina ne puissent comprendre que ce travail qu'il faisait pour son propre compte était aussi honnête que celui qu'il accomplissait pour le baron. Le soir, il se faisait porter sur la table son porte-documents – que les femmes n'auraient jamais songé à ouvrir – et il passait quelques heures à feuilleter ses registres : il notait ici les entrées et là les sorties ; d'une écriture serrée et régulière, il remplissait une colonne bleue intitulée *pro memoria*, et alignait des chiffres dans une colonne rouge qui portait la date du jour. Tout était en ordre dans ses papiers, comme dans toutes ses affaires.

Eh oui ! Toutes ses affaires ! Il avait une petite tablette où il posait sa pipe, son tabac, ses allumettes ; une boîte où il rangeait ses chaussures neuves – il en avait de toutes sortes : bottes, bottines, guêtres –, et une pour les usagées ; et aussi une boîte ronde pour les cols, une ovale pour les cravates… Et puis, une étagère pour ses papiers, une petite armoire pour les clés. Les boîtes étaient rangées par taille dans un placard. Lorsque Nicolina faisait le ménage, elle passait un bon quart d'heure, tous les matins, à dépoussiérer le « débarras de Lucio » ; les objets y étaient si bien rangés que, s'il avait fallu en chercher un de nuit, sans lumière, on l'aurait immédiatement trouvé dans telle boîte, à tel endroit.

En ce qui concernait ses habitudes, don Lucio faisait preuve du même ordre que dans ses comptes et ses objets personnels. Comme le débarras et les registres, sa vie était elle aussi divisée en de multiples cases, dont chacune contenait une occupation, une habitude ou une nécessité. L'avenir était bien tracé, sans aucune incertitude… Tout était méthodiquement décidé, prévu.

Parfois, en fumant sa pipe – une pipe longue, car les pipes courtes sont mauvaises pour la santé –, il était envahi par le souvenir de son enfance privée d'affection : c'est un parent éloigné qui l'avait élevé, dans l'indifférence et la solitude…

Oui, il avait souffert, et il avait droit au bien-être qu'il avait su se procurer !

Mais une ombre passait au milieu de ces belles prévisions : c'était l'ombre de la mort, qui pouvait s'emparer de lui d'un moment à l'autre, le clouant pour toujours sur ce même fauteuil où il était tranquillement assis.

Il pâlissait et laissait s'éteindre la pipe entre ses lèvres, pris par la terreur de ne plus pouvoir jouir de cette vie facile, si savamment organisée, cette vie confortable dont il avait rêvé dans les moments de misère ; transi, affamé, aigri, il voyait alors passer près de lui des hommes riches, portant gants de peluche et manteaux de fourrure…

Il était malade. La paume posée contre sa poitrine, il sentait battre son cœur, à grands coups irréguliers.

Les privations, les incertitudes, les fatigues d'autrefois avaient usé ce fragile organe qu'aucun médecin ne peut rajeunir…

À présent, même les appréhensions et les souvenirs lui faisaient du mal, l'énervaient. Il appelait alors sa femme ou sa belle-sœur, il leur parlait de choses insignifiantes, rien que pour entendre le son de sa propre voix.

Maintenant qu'Alessio avait repris ses études et que Carmelina aussi était rentrée en classe, chez les religieuses, il restait beaucoup de temps libre après le déjeuner.

Nicolina prit son panier à ouvrage – camisoles douces au toucher, chemisettes légères et fragiles, qui tenaient dans le creux de la main – et s'assit dehors, sur le balcon.

Antonietta était occupée ; elle mettait de l'ordre dans l'armoire à linge et rangeait les vêtements d'été, devenus trop légers. Elle était de nouveau enceinte. À chaque fois, elle faisait le ménage de fond en comble, toute seule, et allait se confesser à l'église voisine, comme si elle s'était préparée à partir pour un long voyage.

– N'est-ce pas comme si je partais ? disait-elle doucement. Je dois me détacher des choses, de vous tous. Comment être sûre que je rouvrirai ces tiroirs de mes propres mains, que je toucherai à nouveau tous ces objets ? Vous pourriez dire : « Antonietta était une mauvaise femme d'intérieur, désordonnée », si jamais…

Nicolina cousait à contrecœur. Les derniers vols d'hirondelles passaient dans le ciel et semblaient saluer de leurs cris les lieux qu'elles allaient abandonner. Sous le reflet brûlant du soleil, les toits éblouissaient. Sur la corniche, un pigeon se tenait immobile comme un grand oiseau de bronze. Il y avait dans l'air une tiédeur presque printanière, un bourdonnement fait de mille voix brisées et lointaines, de bruits confus. L'été se mourait lentement, chaque jour un peu plus. De la ruelle s'élevait la plainte de la Rossa que son amant avait battue et chassée. Elle s'était étendue de tout son long devant la porte fermée ; un enfant pieds nus, vêtu d'une courte chemise qui laissait voir son ventre, la regardait de loin, immobile. Nicolina aussi la regarda un moment, plus surprise qu'apitoyée. La Rossa était sale, laide, dépeignée. Pourquoi continuait-elle à souffrir au lieu de s'enfuir, de se délier de la chaîne qui la tenait à cette porte close ? Nicolina rougit à la pensée que, derrière cette porte, il devait y avoir son amant, l'homme qui l'avait battue et qui la laisserait rentrer un peu plus tard, comme toujours… Son amant… Elle répéta pour elle-même, entre ses lèvres, ce mot chargé de séduction.

Mais était-ce cela, l'amour ?

Le front plissé, elle se remit à regarder la Rossa, involontairement.

Eh bien, même l'image de l'amour peut provoquer du dégoût, quelquefois.

Elle pensa à Caterina qui ne voulait pas se marier. Maintenant, elle comprenait pourquoi. Beaucoup de femmes, comme Caterina, éprouvent de la répugnance devant l'amour, sans même savoir en quoi il consiste…

Elle se remit au travail. La veuve était apparue à son balcon pour étendre une couverture jaunâtre et passée ; elle s'attardait à arracher des feuilles sèches au géranium qui fleurissait sans soleil. Ses cheveux divisés en bandeaux, noirs comme son corsage de deuil, donnaient des reflets de marbre à son visage. Elle rentra, laissa la couverture étendue. Cette couleur jaune, sur le balcon noir, faisait une tache triste.

Le crépuscule rougissait le ciel, les toits et la ruelle. Puis, brusquement, le dernier éclat disparut, dans l'air devenu violet.

Nicolina rentra. Dans la maison régnait un grand silence. Les enfants avaient allumé la lampe et faisaient leurs devoirs.

– Les trois règnes de-la-na-tu-re... lisait Carmelina, tout en suivant les lignes du doigt.

– S'il te plaît ! l'interrompit Alessio. Tu m'empêches de comprendre ! Lis pour toi toute seule.

Personne n'avait besoin d'elle. Elle alla dans la chambre, pour voir si Antonietta voulait être aidée. Habituée à servir les autres, elle ne savait pas se reposer, même une heure par jour.

Mari et femme étaient assis contre la fenêtre du balcon fermé. Don Lucio fumait, un bras passé autour de la taille d'Antonietta. Cette fois, il était extraordinairement heureux de la grossesse de sa femme : il y voyait un signe de jeunesse retrouvée.

Ils parlaient à voix basse. Nicolina resta immobile sur le seuil, incapable de faire marche arrière. Son visage fin et pâle se colora brusquement. Elle se demanda avec une anxiété rageuse, presque douloureuse, ce qu'ils pouvaient bien se dire à voix basse, dans toute cette paix...

Elle retourna sur la terrasse que blanchissait la lune, la gorge nouée par l'envie de pleurer.

Personne n'avait besoin d'elle.

Elle était venue pour contempler le bonheur de sa sœur. Oui, Antonietta était heureuse...

Elle revoyait en imagination sa sœur mariée, au début. En un instant, elle revivait avec intensité une époque déjà lointaine. Beaucoup de détails lui revenaient à la mémoire, fugaces, insaisissables, comme des fragments de rêves, une intonation alanguie, un peu égarée, une certaine façon de sourire, et elle frémissait comme s'« ils » s'étaient trouvés devant elle « comme autrefois ». Elle revoyait Antonietta sortant de sa chambre, avec une expression d'abandon… Cela ne l'avait pas troublée, alors ; elle était comme quelqu'un qui lit sans comprendre ; plus tard on relit, et chaque mot devient vivant, chargé de signification. À présent, Antonietta se déplaçait avec lenteur dans les chambres et don Lucio lui recommandait de se ménager :

– Laisse faire Nicolina. Ne te fatigue pas.

Oui, c'est à elle que revenait ce rôle pénible, comme à une humble servante payée pour cela. Et sa vie entière passerait ainsi ? Toujours ?

Mais l'amertume disparaissait peu à peu. Elle contempla ses mains rouges et gercées. Coudrait-elle un jour les délicats vêtements d'un enfant qui serait le sien ? Elle rougit aussitôt, comme si quelqu'un l'avait vue et avait pu comprendre les pensées qui lui traversaient l'esprit comme ces nuages clairs qui voilent parfois la lune… Puis elle ne pensa plus à rien. Elle se perdit dans un tumulte de sensations à la fois troublantes et joyeuses. Il lui semblait dormir et s'éveiller, s'éveiller et dormir…

Le ciel plein d'étoiles répandait une douce lumière, et la maison de l'impasse paraissait moins triste. Son cœur débordait d'une tendresse presque angoissante, d'un grand besoin d'aimer, d'être aimée…

– Nicolina ! Nicolina ! appelait Antonietta. Alessio, où est ta tante ?

Elle se leva. Don Lucio était assis près de la table. Carmelina s'amusait à enfiler des perles, Alessio lisait.

Elle avait oublié la citronnade ! Elle la prépara, l'apporta sur une soucoupe bleue. Tout en la posant près de l'encrier, elle regarda son beau-frère à la dérobée, avec curiosité. Comment pouvait-il rendre sa sœur heureuse ?…

Elle espéra qu'il lèverait les yeux de ses registres, souhaita rencontrer une lueur de tendresse dans son regard. Il n'était sûrement pas aussi réservé, froid et sévère, lorsqu'il était seul avec Antonietta !

– Qu'est-ce que tu attends ? Prépare-moi ma pipe, ordonna-t-il presque sèchement.

Bien sûr, la pipe… Elle oubliait tout ! Elle obéit aussitôt, un peu mortifiée. Pourquoi diable l'aurait-il regardée ? Que représentait-elle, dans la vie de son beau-frère ? Une pauvre fille que l'on garde par charité, et rien de plus. Et pourtant, n'était-elle pas un peu comme Alessio ou Carmelina, elle qui était arrivée encore enfant dans cette maison ? Elle aurait été si reconnaissante d'un mot affectueux ! Dans l'Évangile, il est écrit que l'homme ne se nourrit pas que de pain…

Elle retourna sur le balcon pour vider la pipe. La soirée était calme et lumineuse. Elle pensa à ces promenades tranquilles qu'elle faisait le soir à Sant'Agata, au bras d'une amie, à leurs bavardages. De quoi parlaient-elles avec tant de plaisir ? De tout, de rien… Elle revit la petite maison pleine de gaîté et d'amour. À présent, elle était seule.

Oui, elle était seule. Antonietta semblait se détacher d'elle chaque jour un peu plus. Elle vivait dans un autre univers. Comme il était loin, le temps heureux où elles étaient deux petites filles qui passaient du rire aux larmes avec la même facilité, pour un rien !

– Qu'est-ce que tu lis donc de si intéressant ? demandait don Lucio.

– Regarde, papa.

Don Lucio regardait avec une mauvaise humeur évidente le livre que l'enfant lui tendait. Il le feuilleta et le referma d'un geste brusque.

– Tu te remplis le crâne de mauvais romans !

– Mais papa, répondit Alessio d'une voix timide, ce n'est pas un mauvais roman. C'est de Foscolo. *Iacopo Ortis* de Foscolo.

– C'est quand même un roman ! Je ne veux pas que tu lises ça. Qui te l'a donné ?

– Rossi…

– Demain, tu le lui rendras. Tu es trop jeune.

– Mais lui, il a mon âge…

– Mêle-toi de ce qui te regarde ! Je te l'interdis et c'est tout ! Tu n'as pas honte ? À ton âge…

Alessio se leva, les yeux brillants de larmes. Nicolina lui dit à l'oreille :

– Ne fais pas un drame. Ton papa a raison.

– Non… fit l'enfant en secouant la tête ; et il disparut.

Nicolina apporta la pipe à son beau-frère. Il était de nouveau plongé dans ses papiers, l'air contrarié, mais calme. Comment Alessio pouvait-il se révolter intérieurement contre lui ? C'était un homme qui ne se trompait jamais, qui savait ce qui est bien et ce qui est mal. Il fallait se fier à lui, comme au capitaine qui dirige une embarcation en haute mer. C'est si merveilleux d'avoir confiance en quelqu'un !... Et elle se sentit pleine d'admiration pour son beau-frère.

– Voilà la pipe... dit-elle avec humilité. À nouveau, elle attendit en vain un regard bienveillant, puis elle s'assit auprès de sa sœur, à la fois vexée et malheureuse. Elle aurait aimé faire quelque chose, parler, être écoutée.

Est-ce que toute sa vie se passerait ainsi, comme ces soirées accablantes de silence ? Quand on est jeune, la solitude est parfois intolérable ; c'est une présence invisible, une créature de cauchemar qui vous serre le cœur jusqu'à vous étouffer...

– Regarde ce petit bonnet, Lucio ! disait Antonietta.

– Très joli, répondait don Lucio avec un sourire.

C'était Nicolina qui avait cousu ce bonnet, point par point. Ainsi, son travail n'était ni reconnu ni apprécié, comme si elle avait bâti sur du sable... Pour la première fois, elle ressentit une pointe de jalousie, une rancœur envers sa sœur.

« Oui, oui, lui disait son cœur qui battait vite, dans la pièce à nouveau silencieuse, oui, tu es jalouse de ta sœur... »

– Il y a un visiteur au salon ! annonça Alessio en s'engouffrant dans la cuisine, où Nicolina écumait le bouillon.

– Un visiteur ? C'est sans doute quelqu'un qui demande ton papa.

– Non, non, c'est vraiment un visiteur. On est allé chercher maman aussi.

– Mais qu'est-ce que tu racontes ?

– Écoute, il s'en va.

– Va vite voir qui c'est !

– Je n'ose pas, tante Nicoli'. C'est un monsieur avec des lunettes en or, ça, j'en suis sûr. Mais voilà papa… Ne lui dis rien, tante Nicoli'!

– Moi, j'y vais, proposa Carmelina. Je me cache et je regarde.

– Ce n'est pas la peine, répliqua Alessio. Il est parti. Attention, c'est papa…

Don Lucio se dirigeait vers la salle à manger. Mais sur le seuil, il changea d'avis et alla vers la chambre. Il voyait qu'Antonietta avait une envie folle de lui parler, et il craignait de devoir s'expliquer en présence de Nicolina. Antonietta le suivit, les yeux brillant d'une joie fébrile, mais elle perdit un peu courage en le voyant aussi sombre.

– Il est devenu bel homme ! s'écria-t-elle, impatiente.

– Vraiment ? Avec cette figure niaise… répondit don Lucio, agacé.

– Il est intelligent… Tu as dû l'intimider… Quand tu m'as fait signe de sortir, il te parlait de Nicolina…

Son mari la dévisagea en silence. Il dit enfin :

– Oui, de ta sœur. Mais il a eu la réponse qu'il méritait, et il ne remettra plus les pieds chez moi.

Antonietta pâlit. Elle balbutia :

– Qu'est-ce que tu as fait, Lucio ? C'est un homme honnête. Il nous connaît... Papa l'estimait beaucoup... Il a un bon métier... Enfin – et elle ajouta avec désespoir, d'une voix étouffée – pauvre fille, c'était la chance de sa vie...

– Il te plaît donc ? l'interrompit don Lucio avec ironie. Tu veux lui donner ta sœur ? J'ai mal fait ? Je te demande pardon à genoux. Je cours le rappeler. Je ne savais pas que tu voulais te débarrasser de ta sœur en la jetant dans les bras du premier venu... Belle récompense... Après un nouveau silence, encore plus pesant, il reprit d'une voix dure : Je me tue pour votre bien-être, et voilà ma récompense ! Des reproches, de l'ingratitude, c'est votre façon de me remercier ! Tu me désapprouves ! martela-t-il, tandis qu'Antonietta pleurait en secouant la tête. Tu te permets de me juger, avec tes vues étroites. Je sais ce que je fais ! Ta sœur n'est plus une pauvre provinciale, une orpheline sans dot et sans avenir ! Elle épousera un bon parti, digne de la belle-sœur de don Lucio Carmine.

Sa voix s'était radoucie. Repentie, humiliée, Antonietta sortait de la chambre. Il la rappela :

– Et pas un mot à ta sœur ! Elle est si romanesque... !

Il resta à la maison toute la journée ; une femme voulut le voir ; il fit dire qu'il n'y était pas. Il craignait qu'Antonietta ne raconte toute l'histoire à sa sœur, et il la surveillait de près.

Mais Antonietta n'eut pas l'audace de lui désobéir si vite. Le soir, elle alla se coucher, prise de contractions. Don Lucio se sentit soulagé et respira enfin. Il envoya aussitôt Alessio, avec un mot pour donna Filomena Zuppola, et combla sa femme d'attentions. Il était presque content qu'elle souffre autant : elle oublierait ainsi l'incident du matin. Il exigea que Nicolina reste en haut, avec les enfants.

– Ce n'est pas ton affaire. Allez vous coucher tous les trois.

Nicolina obéit sans discuter. Elle avait eu très peur les deux autres fois, mais pas autant que maintenant. « La chose » s'était passée de jour, et elle ignorait alors la gravité du danger encouru par sa sœur.

– Dors, dit-elle à l'enfant qui l'interrogeait du regard, en le bordant. Ce n'est rien, tout ira bien.

Carmelina dormait déjà.

Elle ne se coucha pas. Elle était inquiète, nerveuse : elle s'attendait à ce qu'on l'appelle d'un instant à l'autre. Elle se penchait du haut de l'escalier et tendait l'oreille. La petite porte du fond était fermée. Tout était silencieux. À un moment, on entendit un gémissement poignant. Qui se plaignait ainsi ? Cela ne pouvait pas être Antonietta… Peut-être la voix venait-elle de dehors, de la ruelle… Elle retournait s'asseoir près du lit de Carmelina et se relevait aussitôt, se tordant les mains pour ne pas crier. Le temps passait avec une lenteur insupportable. « Mon Dieu, murmurait-elle sans remuer les lèvres, faites que ce tourment prenne fin ! »

À nouveau, elle tendait l'oreille. On n'entendait plus rien. Le silence s'était abattu sur la maison, un silence différent, comme lorsqu'en pleine nuit quelqu'un veille et réfléchit. Il lui semblait entendre ces mots mélancoliques : « Eh bien, n'est-ce pas comme si je partais en voyage ? » Elle demandait à Dieu de lui pardonner la pointe de jalousie qui avait empoisonné son cœur, quelques jours avant. Non, sa pauvre sœur n'était pas heureuse. Elle se la représentait dans les moments les plus pénibles : sur ce lit de douleur, au chevet d'Alessio malade, ou encore sous le regard sévère de son mari... Exaspérée par l'attente, elle jugeait sa jalousie impardonnable, monstrueuse...

Sa sœur était seule, seule dans cette nuit interminable, seule avec sa souffrance. « Mon Dieu ! gémit-elle à voix haute. La vie est affreuse ! »

La nuit s'écoula ainsi. Son cœur vibrait comme un arc trop tendu. Dans le rectangle de la fenêtre, l'aube déposa une clarté laiteuse. La lampe crépita un peu, puis s'éteignit.

Elle tendit l'oreille ; elle reconnut la voix autoritaire de donna Filomena, puis celle de don Lucio. Que disaient-ils ?

Une porte claqua.

Elle aurait dû rester auprès de sa sœur, ne pas la laisser seule.

Quel remords si jamais...

« Oui, tout doit être fini... » se dit-elle avec terreur. Elle décida de descendre, rencontra don Lucio au pied de l'escalier. Par la porte entrouverte, on entendait les faibles pleurs d'un enfant : ils n'avaient rien d'humain, on aurait plutôt dit un bêlement.

– Où vas-tu, Nicolina ? fit don Lucio. Oui, ajouta-t-il, c'est fini, Dieu merci. C'est encore une fille. J'allais te l'annoncer. Retourne dans ta chambre, je t'appellerai. Garde les enfants auprès de toi. Mais ne tremble pas ainsi, tu vas te rendre malade.

Cette voix résignée, presque mélancolique, l'apaisa.

Il était sincèrement ému. La simplicité tragique de ce qui s'était passé lui avait laissé un sentiment d'effroi. En cet instant plein de mystère et d'angoisse, son cœur semblait se délivrer de l'égoïsme et s'ouvrir à la sympathie – aussi douloureuse que fugitive – envers ceux qui souffrent.

– Oui, ma petite Nicolina ; il arrive que la vie et la mort entrent en même temps, dans une maison où un enfant voit le jour !

Il la poussa doucement vers l'escalier, lui effleurant la taille du bras.

Nicolina remonta à pas lents.

– Mon Dieu, murmura-t-elle à nouveau. Comme la vie est cruelle !

À quoi bon naître ? Qui avait désiré cette créature qui pleurait ?

La veille, l'excitation, l'attente épuisante, et puis la voix de son beau-frère, voilée d'une tendresse insolite, toutes les émotions qu'elle avait éprouvées la laissaient sans force. Elle s'affaissa au pied du petit lit et pleura. Elle sombra dans l'inconscience. Revenant à elle, elle vit Alessio qui se tenait debout, un verre d'eau à la main. Il était pâle, effrayé ; sans doute n'avait-il pas dormi, lui non plus.

– Tante Nicoli' ! s'écria-t-il, un peu rassuré, car sa tante refusait son verre d'eau. J'ai appelé, appelé… Mais personne ne m'a répondu. Je crois que papa aussi s'est couché.

Carmelina dormait encore.

– Attends-moi ici, Alessio, dit Nicolina.

Elle descendit sans faire de bruit. Le châle noir de donna Filomena n'était plus sur le portemanteau.

Elle poussa doucement la porte de la chambre. Don Lucio dormait sur le petit lit ; il ronflait bruyamment. Dans le grand lit, Antonietta, exsangue, semblait assoupie. Entendant du bruit, elle ouvrit les yeux. Nicolina s'agenouilla auprès d'elle.

– Ma pauvre sœur, murmura Antonietta. Je pensais ne plus jamais te revoir, et j'étais désespérée de ne pas t'avoir recommandé mes petits… Mais tu ne les aurais pas abandonnés… N'est-ce pas, Nicolina ? Que font-ils en ce moment ?

– Carmelina dort. Alessio s'est levé. Tu veux le voir ?

– Non, Lucio se repose, le pauvre. Plus tard. Plus tard.

Elle se tut, épuisée.

Dans l'autre moitié du lit, parmi des flots de lingerie fine, couverte d'un voile, dormait aussi « l'autre », ses petits poings fermés. Sur un signe de sa sœur, Nicolina se leva pour la regarder. Mais son regard se posa sans sympathie sur la nouvelle venue. À cause de cette petite créature, Antonietta s'était trouvée, pendant un instant interminable, entre les griffes de la mort… Pourquoi était-elle venue naître là, dans la maison mélancolique ?

Mais comme elle contemplait les poings roses et fermés, elle eut pitié de l'intruse. « Si au moins c'était un garçon, se dit-elle. Son sort serait plus facile. Les femmes sont nées pour servir et pour souffrir. Et rien d'autre. »

Que tenait-elle donc dans ses poings fermés ? Peut-être le bonheur… Chacun de nous, en naissant, serre les poings pour ne pas laisser échapper un trésor qu'il ne retrouvera jamais…

Les pensées tourbillonnaient dans son esprit. Elle avait mal à la tête et au cœur. Elle s'éloigna sans bruit et alla préparer le café dans la cuisine. Alessio la suivit. Dans la lumière incertaine de l'aube, son visage apeuré, nimbé de cheveux clairs et soyeux, semblait celui d'une petite fille.

Don Lucio avait raison : la vie n'est faite que d'habitudes. Depuis plus de deux mois qu'Antonietta était alitée, apparemment sans espoir de guérison, la maison avait repris son rythme, à peine modifié ici et là, comme si la jeune femme avait toujours été malade. le matin et l'après-midi, Alessio allait en classe, chez les dominicains, et Carmelina chez les sœurs ; Nicolina s'occupait du ménage, avec son adresse et sa sollicitude habituelles ; elle prenait également soin de la petite Agata.

Ils avaient fini de déjeuner. La pièce était chaude, lumineuse ; une odeur de cuisine y flottait encore. Carmelina regardait Alessio, de ses yeux vifs qui brillaient d'impatience, noirs comme ceux d'une souris. Et Alessio fixait la nappe pour ne pas éclater de rire.

– On y va ? demandaient les yeux noirs et futés.

– Attends... Pas encore... répondaient les yeux châtains, pleins de douceur.

Don Lucio repoussa enfin l'assiette à dessert et fit un signe aux enfants. Ils pouvaient partir. Carmelina descendit avec précaution de sa chaise haute et sortit en courant, suivie de son frère ; ils réprimaient mal leur gaîté.

Nicolina débarrassa la table. Elle prépara le café, apporta du bouillon à la malade. Elle savait ce qu'il y avait à faire et le faisait ponctuellement, sans jamais s'impatienter, marchait à pas feutrés, habituée à ne pas déranger son beau-frère.

Antonietta la remercia du regard en lui tendant le bol vide.

– Où sont les enfants ? demanda-t-elle. Qu'est-ce qu'ils font ?

– Ils sont en haut. Ils jouent. Alessio va retourner à l'école. Carmelina aussi... « Il » veut qu'elle reste en classe jusqu'à l'heure du dîner. Comme il ne sort pas et qu'il n'aime pas entendre de bruit...

– Qu'elle y reste. De toute façon, elle sera plus libre chez les sœurs, la pauvre. Elle a tellement de vitalité !

Les enfants se préparaient à partir ; ils jouaient encore à se pousser dans l'entrée, pour dire au revoir à leur mère.

– Bénissez-nous !

– Bénissez-nous !

– Je te bénis, ma fille. Et toi aussi, mon fils. Ne faites pas tout ce bruit ! Et attention aux voitures dans la rue ! Tenez-vous par la main…

Ils disparurent en riant. On entendit la porte claquer.

– Ils n'en font qu'à leur tête ! remarqua leur mère en souriant.

Nicolina ne répondit pas. Depuis quelques jours, elle éprouvait une vague inquiétude à l'idée de rester seule avec son beau-frère, tout l'après-midi. Si au moins il y avait eu Carmelina… Mais elle n'avait pas osé contrarier don Lucio. Et puis, comment lui expliquer ?

Elle retourna dans la salle à manger qu'elle finit de mettre en ordre. Puis elle entra dans la cuisine et entreprit de repasser. Il faisait chaud : elle déboutonna son col. Il lui sembla entendre Antonietta et elle se rendit dans la chambre. Mais celle-ci n'avait pas appelé ; elle somnolait.

– Qu'est-ce que tu fais, Nicolina ? demanda-t-elle en ouvrant les yeux.

– Je repasse. J'ai cru que tu appelais…

– Je n'ai besoin de rien, Nicolina. Sois tranquille.

Elle tira les volets pour qu'il fasse plus sombre et sortit de la chambre. Elle se remit à repasser. Elle éprouvait une sensation de lourdeur, après le repas, et regarda découragée le grand panier de linge qui l'attendait. Mieux valait être malade et faire la sieste dans une chambre fraîche…

Don Lucio entra doucement ; il fumait. Nicolina rougit, surprise et troublée. Il ne mettait jamais les pieds dans la cuisine, sauf le matin, pour faire sa toilette.

– Tu as appelé ? demanda-t-il.

– Non.

Il se planta devant la fenêtre, les jambes écartées, et sa silhouette se découpa tel un compas, sur le fond clair. Il portait un de ses costumes d'été, à petits carreaux blancs et noisette, qui le faisait paraître encore plus grand.

On n'entendait que le bourdonnement d'une mouche qui heurtait les vitres entrouvertes, cherchant vainement la sortie, et le bruit régulier des lèvres qui aspiraient des bouffées de fumée.

– Tu as chaud ?

– Un peu.

– Tu ne devrais jamais repasser à cette heure-ci. C'est trop fatigant.

Nicolina rougit encore plus, émue par cette attention insolite. Qui avait pitié d'elle ?... À cette idée, elle eut une violente envie de pleurer.

– Je connais une femme qui fume, dit don Lucio, s'approchant de la table.

– Qui fume ! s'exclama Nicolina en faisant mine de s'intéresser à cette nouvelle.

– Oui. La belle-sœur du notaire. Elle fume comme un homme.

Le silence retomba, encore plus profond, tendu. Don Lucio semblait plongé dans la contemplation du vêtement qu'elle repassait.

– La fumée ne te gêne pas ?

– Non. Je m'y suis habituée.

– Tu ne l'as jamais reçue en plein visage.

– Quelle idée !

– Comme ceci.

Se penchant légèrement, don Lucio lui souffla une bouffée de fumée sur la figure. Nicolina s'écarta avec un mouvement de dégoût. Don Lucio riait.

– Tu vois que tu ne la supportes pas !

Nicolina ne répondit pas. La fumée, l'odeur lourde de la cuisine, et surtout l'inquiétude qu'elle éprouvait à l'idée d'être totalement seule lui procuraient un étrange malaise.

Bon ! Il fallait s'arrêter de repasser, invoquer un prétexte pour se rendre dans la chambre et y rester jusqu'au retour des enfants. Dès demain, elle devait demander que Carmelina reste à la maison, pour lui tenir compagnie. Mais elle ne bougeait pas ; ses nerfs et ses muscles, inertes, n'obéissaient plus à sa volonté…

L'effleurant à peine, don Lucio la prit par la taille, comme le jour où il l'avait rencontrée au pied de l'escalier, à l'aube.

Nicolina se dégagea, posa le fer, et réussit enfin à se diriger vers la porte, marchant avec difficulté. Don Lucio la suivit sans se hâter. Il l'enlaça d'un geste brutal. Nicolina voulut se libérer, s'enfuir, crier ; mais aucun son ne sortit de sa gorge. Don Lucio la tenait maintenant serrée contre sa poitrine, d'un seul bras. Il ne riait plus. Presque courroucé, comme lorsqu'il donnait un ordre, il dit :

– Antonietta ne t'appellera pas…

La tenant toujours serrée, il sortit de la salle à manger. Il la portait presque, de son bras nerveux. En entrant dans le petit salon, il répéta machinalement :

– Antonietta ne t'appellera pas…

Elle s'était réfugiée dans sa chambre ; recroquevillée sur le bord du lit, elle regardait ses genoux parcourus d'un tremblement qu'elle ne parvenait pas à maîtriser ; elle s'étonnait d'avoir trouvé la force de remonter l'escalier. Elle avait perdu toute notion du temps. La vie s'enfuyait en même temps que la lumière. Par la lucarne, on voyait les toitures que rougissait le crépuscule. Et les toits, qui tremblaient dans la lumière, le lit, les chaises, tout cela tournoyait et disparaissait dans le noir absolu, avant de réapparaître, dans un grand éclatement rouge.

Antonietta et les enfants étaient loin. Elle pensait à Sant'Agata, à sa mère. Pauvre maman ! Pourquoi as-tu laissé partir ta fille ?

Par moments, il lui semblait être suspendue dans le vide et tomber dans un tourbillon de lumière, sans pouvoir se raccrocher à rien… Elle entendit la voix de la Rossa, la voix que toute la ruelle connaissait bien… Comme elle venait de loin, cette voix ! Comme tout était loin !

Que faire demain ? Et après-demain ?

La vie lui faisait horreur. Le temps s'écoule uniformément, indifférent à nos malheurs, à nos souffrances. Contre la paroi, la grande horloge continuait à égrener les heures, inexorable. Rien ne changeait, malgré l'enfer où elle était plongée.

– Mon Dieu ! pria-t-elle, angoissée. Faites que je ne revoie plus ni mes semblables ni la lumière du jour. Faites que je meure…

L'escalier grince, sous un pas rapide et léger. C'est Alessio.

– Tante Nicoli' ! Qu'est-ce que tu fais dans le noir ? Papa demande que tu prépares le dîner.

Elle sursauta. Alessio l'entourait de ses bras, l'entraînait, joyeux. Elle le repoussa avec douceur.

– J'arrive, j'arrive…

– Qu'est-ce que je t'ai fait, tante Nicoli' ?

– Rien. Mais laisse-moi tranquille. Je vais venir.

Plus jamais elle n'oserait poser ses lèvres sur le front innocent des enfants. Désormais, tout baiser serait impur.

Elle descendit les marches, tout en nouant son tablier noir d'un geste machinal.

La salle à manger, que la lampe éclairait d'une lueur paisible, semblait l'image même du bonheur familial : Alessio et Carmelina découpaient des personnages dans un vieil album. Don Lucio, occupé à écrire dans un registre, ne leva pas les yeux lorsqu'elle entra.

Elle alla dans la cuisine. Elle prit la nappe dans le tiroir de la table. « Impossible, pensait-elle avec angoisse. Impossible que tout soit comme avant ! »

Machinalement, elle dit à Carmelina :

– Aide-moi à mettre la table…

Mais au son de sa propre voix, calme et tranquille « comme avant », elle eut un brusque frisson.

II

Ses devoirs terminés, Alessio empilait livres et cahiers sur le petit bureau, au pied du lit de Nicolina. Il chantonnait :

– *Io ti seguia com'iride dipace…*

Il s'interrompit subitement :

– Tante Nicoli', tu es déjà allée au théâtre ?

– Jamais. Il se remit à chanter, mais s'arrêta à nouveau.

– Tu sais, tante Nicoli', un de mes camarades m'a offert une place pour *Manon :* j'ai de la chance, non ?

Nicolina posa son ouvrage et, avec un soupir, regarda par la lucarne.

– Alors, dit-elle, il faut demander l'autorisation.

– C'est parfaitement inutile ! s'exclama Alessio.

– Qui sait ?… Cela dépend des moments…

– C'est inutile, répéta l'adolescent avec amertume. Et même s'il finissait par accepter ! Il faudrait que j'insiste tellement, que je me tourmente tellement avant de pouvoir dire à mon ami : je viens avec toi… Et puis, toi et maman, vous n'en dormirez pas, « lui » qui m'attendra, agacé… Non, non… Les plaisirs, il faut les savourer tranquillement, sans arrière-pensées ; sinon, cela n'a rien d'agréable. C'est pourquoi – il marqua une pause, et ajouta calmement –, c'est pourquoi j'ai dit à mon camarade que je n'irais pas, une fois de plus.

– C'est sans doute mieux ainsi, dit Nicolina rassérénée.

– Ce n'est pas mieux ! répliqua Alessio à nouveau excité. Pour moi, en tout cas, ce n'est pas « mieux » ! Je ne suis pas Carmelina, maman ou toi… Vous, vous êtes des femmes. Pour vous changer les idées, il vous suffit d'un peu de couture, ou d'aller à la messe le dimanche… Moi, je pense à tant de choses… J'ai envie de tant de choses… Quelquefois, j'ai tellement d'enthousiasme que la tête me tourne… Non, ce n'est pas la peine. Tu ne comprendras jamais !

– Il ne faut pas se plaindre… Surtout de celui qui vous a donné la vie !

– Ça n'a rien à voir ! Je ne me plains pas. Et puis, qui a parlé de lui ? Est-ce que je lui ai manqué de respect ? Qu'est-ce qu'il a à voir là-dedans ? Mais tu ne peux pas me comprendre. Toi et maman, vous vous êtes adaptées à cette vie, comme l'escargot qui prend la forme de sa coquille…

– Mais enfin, Alessio ! s'écria Nicolina sur un ton de reproche. Tu n'es encore qu'un enfant ; ce n'est pas parce que tu as appris un peu de latin que tu peux juger ceux qui sont plus grands que toi ! Pense d'abord à grandir, et ne te monte pas la tête.

Elle était persuadée qu'il était de son devoir de lui faire la leçon.

– Bien sûr, dit Alessio qui se forçait à sourire pour cacher son envie de pleurer. Bien sûr, grandir pour devenir, moi aussi, un jour, l'administrateur du premier venu.

– Ce n'est peut-être pas un métier honorable ?

– Je n'ai pas dit le contraire. Loin de là. *Di quella pira l'orrendo fuoco…*

– Et puis, continua Nicolina, qui te dit que tu deviendras administrateur ? Qu'est-ce que tu sais des intentions de ton père ?

– Je les connais. C'est pour ça que je suis désespéré. Ingénieur ! « Alessio Gaspare Carmine, ingénieur expert. » Comme ça sonne bien ! Ou encore : « Carmine Alessio, ingénieur. » C'est à autre chose que je pense, moi ! Si tu savais comme j'enrage à l'idée que je devrai suivre ces études…

– Mais enfin, calme-toi. Pourquoi t'agiter de cette façon ? Tu as des années devant toi, avant l'université ! Tu crois que nous sommes les maîtres du temps ?…

Nicolina courba la tête, n'osant plus faire de reproches à son neveu.

Évidemment, les garçons n'ont pas le même comportement que les filles ! Ils commencent à battre des ailes si tôt ! Ce pauvre enfant ressemblait vraiment à un oiseau qui veut essayer de voler dans une cage de fer. Qui sait quelles idées lui trottaient dans la tête ? Mais qui pouvait le suivre dans ses extravagances ? Ses yeux de petit chamois, timides et doux, regardaient déjà si loin, bien plus loin que les femmes ne l'auraient osé…

Alessio était allé s'habiller, dans la chambre contiguë à celle de sa tante. Il chantait à mi-voix et semblait plus serein.

Il avait passé sous silence beaucoup de choses. Beaucoup de choses dont il n'osait pas parler et qui empoisonnaient toute sa vie. À la maison, tout le monde mentait. Il aurait aimé pouvoir dire à Nicolina, en toute franchise :

« Tu ne dois pas rester ici. Va te réfugier n'importe où, dans un couvent, s'il le faut, mais ne continue pas à faire du mal à maman et à toi-même, à entretenir le brasier de la haine… »

Qu'aurait répondu tante Nicolina ? Il l'aimait bien, en dépit de tout.

Elle l'avait bercé, tenu sur ses genoux, comme une mère ; elle l'avait consolé, essuyant ses larmes de ses mains rêches et légères, lorsque, pour une bêtise quelconque, son père le battait…

Bien souvent, elle s'était enfuie dans le petit escalier, le tenant serré dans ses bras ; et, dans la chambre qui ressemblait à la cabine d'un paquebot, les yeux voilés de larmes, ils avaient regardé en silence les toits rouges et les nuages aux formes changeantes, gris et roses ! Quelles heures douces et tristes ! Leurs cœurs s'étaient compris et leurs pensées s'étaient rencontrées, mais dans des silences pleins d'amertume, de crainte et de tristesse.

Oui, il aimait cette pauvre femme menue, dont les larges yeux sombres conservaient, même au plus fort de la colère, un air effaré. Il avait pitié d'elle. Il avait pitié de sa mère. Une pitié infinie qui troublait son cœur pur d'adolescent.

Il était encore enfant lorsqu'il avait compris que « quelque chose » de très grave et de très laid assombrissait la maison, si paisible en apparence. Il avait compris qu'une rancune sourde, irrémédiable, dressait les deux sœurs l'une contre l'autre. Un mot cueilli au vol, une âpre querelle à laquelle il avait assisté alors qu'on le croyait endormi, un regard, une caresse qu'il n'avait jamais pu oublier et qui lui avaient fait horreur, et il avait saisi les raisons de cette haine. Malgré tout, il avait continué à aimer sa tante. Il s'était éloigné d'elle quelquefois. Il était resté dans la même chambre qu'elle – elle travaillant, lui feignant d'étudier, les yeux fixés sur la même page – sans lui adresser la parole, tourmenté par un souvenir, un doute… Mais il n'avait jamais cessé d'avoir pitié d'elle, même dans ces moments-là.

– *Di quella pira*… Tu sais, tante Nicoli', aujourd'hui, nous avons eu un nouveau professeur. Il m'a dit : « Tiens ! Alessio Carmine ! Tu es le fils de don Lucio ? Ta tante habitait chez vous, Nicolina Restivo… » « Elle y est toujours », j'ai répondu. « Elle y est toujours ? » Il était tout étonné. « Elle ne s'est pas mariée ? » C'est le professeur Casafulli. Il est du même village que toi. Il te connaissait ?

– Oui, il me connaissait… Qu'est-ce qui te fait rire ?

– Rien… Si tu le voyais ! Il a un de ces ventres !

– Il vit seul ?

– Tu en as de bonnes ! Il a une famille. À son âge, tout le monde a une famille. Il a même un petit garçon, blond comme un épi de maïs.

Le front de Nicolina se plissa. C'est vrai, chacun a sa propre famille. Mais les hommes sont si égoïstes. Alors que son père, lui... Ainsi, il lui avait suffi de ne plus la voir pour que ses sentiments changent... Pourquoi ne s'était-il jamais manifesté, n'avait-il jamais demandé de ses nouvelles ?

Qu'est-ce que sa sœur avait donc à lui reprocher ?

Elle n'avait fait de mal à personne. Abandonnée par ceux-là mêmes qu'elle croyait les plus généreux, elle avait vieilli dans cette maison comme une servante fidèle. À qui avait-elle fait du mal, sinon à elle-même ? Qui d'autre avait-elle trompé qu'elle-même ? Elle avait mordu dans un fruit gâté et sa bouche s'était remplie d'amertume...

Alessio prenait ses livres de classe.

– Je m'en vais. *Salve,* tante Nicolina, *puella sedula...*

– Je descends moi aussi. Pourquoi dis-tu *salve* ?

– C'est le salut des Latins. On dit aussi *ave.*

– On ne plaisante pas avec les mots sacrés ! C'est un péché ! gronda Nicolina. Tu es trop insolent.

Ils descendirent ensemble l'escalier, presque en courant.

– Regarde ce que tu me fais faire ! répétait Nicolina en riant, se laissant entraîner. Comme si j'avais ton âge !

Antonietta était dans la salle à manger, avec les petites filles.

– Bénissez-moi, maman ! s'écria Alessio, tandis que Nicolina allait étendre du linge sur la terrasse. Je pars au lycée.

– Je te bénis, mon fils. Tu as pris un parapluie ?

– Vous ne voyez pas comme il fait beau ?

– Je vois de gros nuages là-bas, au fond… Le lycée est loin.

– Loin ? Allons donc…

L'enfant s'attardait. Lorsqu'il partait, il avait toujours envie de quitter sa mère sur un mot gentil ; mais il ne savait que dire. Il aurait tant aimé les voir vivre tous en bonne entente !

– Allez sur la terrasse ! s'écria-t-il. Faites prendre un peu d'air à Agatina qui ne sort jamais ! Il fait si beau aujourd'hui !

Il sortit, claqua la porte derrière lui pour faire du bruit, pour secouer un peu la maison trop silencieuse. Il dévala les marches quatre à quatre, chantant à tue-tête. Et il s'arracha d'un bond à l'impasse, déboucha dans la grand-rue pleine de soleil et de mouvement.

– Voilà papa ! lança Agata.

Antonietta se leva et alla dans la cuisine pour aider sa sœur.

Lorsque don Lucio était là, les deux femmes se surveillaient afin de ne pas montrer trop ouvertement la haine qui les divisait et dans laquelle elles étaient obligées de cohabiter, comme deux ciseaux enfermés dans le même étui.

Une fois guérie, Antonietta avait fait de violentes scènes à don Lucio ; mais celui-ci avait répondu à ses récriminations avec deux arguments irréfutables : d'abord, tous les torts étaient du côté d'Antonietta car elle avait souvent négligé ses propres devoirs en ne surveillant pas assez sa sœur cadette – qui, avec ses tendres façons, aurait fait perdre la tête à un ermite – et en s'occupant davantage de ses enfants que de son mari ; ensuite, lui, don Lucio, avait le cœur malade et pouvait mourir d'un moment à l'autre ; il avait absolument besoin de calme et de tranquillité. Les querelles entre les deux sœurs, les scènes de sa femme auraient transformé son existence en enfer ! En outre, les difficultés de la famille de Sant'Agata, la nécessité de recommandations pour une chose ou l'autre avaient contribué à faire taire Antonietta en présence de son mari. C'était Antonio qui devait venir en ville pour un concours, Alfonso qui passait ses examens, la terre qui avait été hypothéquée… Et don Lucio était là, prêt à héberger ses beaux-frères, à donner de précieux conseils à sa belle-mère, à prêter sans aucune garantie des sommes qui n'étaient pas toujours des moindres… En échange, n'avait-il pas droit à un peu de tranquillité chez lui ?

Carmelina avait mis la table, sans se hâter, afin de gagner du temps, et Nicolina était apparue deux fois sur le pas de la porte pour jeter un coup d'œil au couvert de son beau-frère. Rien ne manquait : il y avait la salière, le porte-cure-dents, la petite boîte de Tot, l'assiette de charcuterie d'un côté et les petits pains de seigle de l'autre.

– C'est prêt, oui ou non ?

– Tout est prêt ! On sert immédiatement.

Alessio commençait à donner du fil à retordre ! Nicolina proposa :

– J'attends encore ?

– Oui, il vaut mieux, répondit Antonietta sans la regarder.

Carmelina guettait à travers la grille qui donnait sur l'escalier. Elle revint désolée.

– Il n'arrive pas !

On entendit la voix de don Lucio, qui s'impatientait et faisait tinter son verre à petits coups de couteau, nerveusement.

– Enfin, on mange ou on ne mange pas ? On attend qui ? Qu'est-ce que c'est que cette nouveauté ?

Elles servirent tout de suite. Tandis qu'Antonietta coupait du pain pour les filles, don Lucio fit un signe de tête interrogateur vers la chaise vide.

– Où est-il ?

– En classe…

– En classe ! répéta don Lucio ironiquement, levant les yeux vers l'horloge.

Elles avalèrent fébrilement leur soupe, l'esprit ailleurs. Pendant que don Lucio finissait son assiette sans se presser, les yeux mi-clos, les deux sœurs coururent dans la cuisine, prétextant le rôti à découper. Carmelina s'agitait sur sa chaise, impatiente de se lever pour voir si son frère arrivait ; elle tendait l'oreille au moindre bruit venant de l'escalier. Le voilà, il vient !… Non, c'est la porte de la veuve qui s'ouvre, c'est un pas pesant sur le palier, c'est quelqu'un qui frappe au deuxième étage…

– Tu as fini ? Tu n'apprendras jamais à te tenir comme il faut ? gronda don Lucio, portant la main au petit fouet suspendu au dossier de la chaise.

Carmelina se recroquevilla comme si elle avait été battue. On sonne ! C'est bien lui !

Oui, c'est Alessio, rose et échauffé ; il était sur la plage avec des camarades. Dans sa poche, pour ses sœurs, il a des cailloux colorés qui ressemblent à des dragées, et il en montre quelques-uns à Agata. Il transpire, tout excité ; il semble avoir encore du soleil plein les yeux.

– Tais-toi, Alessio. Doucement. Papa est en colère, murmure sa tante.

La voix de son père qui demande durement « Où étais-tu ? », le silence dans la salle à manger qui paraît glacée, les visages tendus des femmes, tout l'attriste subitement.

Il s'assit, tout penaud, et se mit à manger avec appétit. Il sursauta en entendant la voix de son père qui le questionnait à nouveau, brandissant sa fourchette où était piqué un morceau de rôti doré, à l'odeur délicieuse.

– Où étais-tu e-xac-te-ment ?

– Nous sommes rentrés en faisant un détour, par la Palazzata.

– Tu ne sais pas que tu dois être ici à cinq heures pile ?

Les petites avaient fini de manger depuis un bon moment. Elles avaient hâte de se lever, pour voir les cailloux qu'Alessio avait dans sa poche avec des brins d'algues odorantes et des patelles encore humides. Elles lorgnaient leur père, guettant un signe de permission, heureuses qu'il n'ait pas réprimandé Alessio autant qu'elles s'y attendaient. La première, Agata se laissa glisser de sa chaise et, devant la porte, appela les autres en agitant les mains. Carmelina fit un effort pour demander :

– On peut se lever, papa ?

– Allez. Rappelez-vous qu'à huit heures, quand je vous appellerai, les devoirs doivent être faits.

Les petites filles respirèrent. Vite, dans l'escalier de bois, qui grinçait fort du plaisir d'être aimé des enfants, comme disait Alessio ; vite dans les chambres du haut, où l'on peut donner libre cours aux premières émotions, aux jeux bruyants, aux éclats de rire…

– Cours, Agatina… C'est notre château fort ! Alessio, qu'est-ce que tu as ?

Alessio les suivait sans joie, à pas lents.

Ayant vidé les matelas, Antonietta s'apprêtait à battre la laine. Nicolina entra pour l'aider, comme si sa sœur l'avait appelée. En silence, elle noua un mouchoir autour de sa tête et se mit à battre avec l'une des baguettes. On aurait dit qu'elles s'étaient entendues suffisamment, au préalable, sur le travail de chacune. Quand elles eurent fini de battre, elles se levèrent en même temps, secouèrent la poussière de laine et les fils restés accrochés à leurs blouses noires ; elles commencèrent à remplir la housse rouge et blanche qui gisait dans un coin, comme un linge taché. Elles se hâtaient, voulant finir avant le retour de don Lucio qui exigeait de trouver la maison en ordre et les femmes propres. Après avoir étendu la housse sur une table à tréteaux, Antonietta la remplissait avec la laine que Nicolina apportait par brassées. Déjà, elle était fatiguée. Lourde et un peu grasse, elle s'essoufflait au travail. Nicolina allait et venait avec la laine dans ses bras sans reprendre sa respiration. Elle se réservait les travaux les plus pénibles et ménageait sa sœur, presque involontairement, par l'habitude acquise depuis tant d'années. Elle balaya la poussière de laine qui traînait et vida un deuxième matelas. Puis elle enfila une aiguille et, toujours en silence, d'un accord tacite, elle se mit à recoudre la longue ouverture du côté opposé à celui de sa sœur, qui avait déjà commencé.

– Prends l'escabeau, dit Antonietta en levant les yeux, voyant sa sœur courbée en deux. Il est sur le balcon. Tu vois bien que je suis assise, moi.

Sur l'escabeau, il y avait les jouets de la plus petite.

– S'il te plaît, Agatina, fit Nicolina en s'approchant du balcon, enlève ces affaires et donne-moi l'escabeau.

– Il est à moi, répondit la petite fille. Et je ne te le donnerai pas.

– Méchante ! s'écria Alessio, qui venait d'entrer. Tu peux bien le lui prêter ! S'il n'y a pas d'autres chaises...

– Qu'est-ce que ça peut me faire, répliqua l'enfant en s'appuyant des deux mains sur l'escabeau, pour le protéger. Puis elle cria d'une voix aiguë : Elle ne doit pas me commander ! Ici, c'est la maison de maman ! Ce n'est pas sa maison !

Nicolina vacilla. Antonietta se leva, très pâle, et, empoignant la petite fille par un bras, elle l'entraîna dans la pièce voisine.

– C'est maman qui l'a dit ! C'est maman qui l'a dit ! hurlait Agatina, cherchant à se dégager.

– Alessio, emmène-la en haut, avec toi, ordonna Antonietta.

Elle se rassit. Mais ses mains tremblaient, en reprenant le travail interrompu. Nicolina était toujours devant le balcon, dans la même attitude, les bras ballants.

– Voilà ce que tu as obtenu avec tes scènes en présence de tes enfants, dit-elle en rentrant. Ce sont *tes* paroles qu'ils répètent. Je suis une étrangère, une ennemie dans *ta* maison. Surtout tes filles, surtout la plus petite… Elle a grandi au milieu de nos querelles, comme dans un berceau de ronces…

Elle cacha son visage entre ses mains, en silence.

Antonietta cousait.

Dans le silence de la pièce passèrent d'amères paroles informulées.

Les cœurs des deux femmes battaient violemment, comme ceux des enfants qui attendent le grondement du tonnerre après l'éclair.

– C'est la vérité, dit enfin Antonietta. C'est de ma faute, peut-être ? Ta présence est un scandale pour mes enfants.

– Tais-toi ! Tais-toi ! Alessio peut nous entendre. Oh, lui au moins, qui m'a toujours aimée…

– Il est là-haut. Je l'ai entendu monter. Et d'ailleurs… Tu crois peut-être qu'il ne comprend pas ? Les enfants n'ont pas les yeux dans leur poche, aujourd'hui…

– Tais-toi… répéta Nicolina, tendant l'oreille.

Non, Alessio ne pouvait pas les entendre…

Mais l'adolescent avait laissé la petite fille occupée à découper un journal, et il était revenu, sur la pointe des pieds. Il écoutait, la gorge serrée…

– Il n'est pas là… répéta Antonietta.

Elle était debout elle aussi, à présent. Exaspérées, les nerfs à vif, elles se défiaient du regard. Il leur arrivait rarement de se retrouver toutes seules, face à face ; un motif futile, un mot imprudent, un geste suffisaient alors à faire flamber la haine trop longtemps réprimée qui couvait dans leur poitrine. Elles se parlaient d'une voix sourde, serrant instinctivement les poings.

Deux taches rouge vif, comme deux coups de pinceau, coloraient aux pommettes le visage olivâtre de Nicolina.

– Oui. C'est de ta faute, accusa Nicolina. C'est toi qui es coupable, et personne d'autre. Tu as gâché ma vie. Et maintenant tu voudrais me chasser ? Je ne m'en irai pas, non. Je te l'ai dit. Je ne sortirai pas vivante de cette maison. J'étais jeune et insouciante ; tu m'as abîmée, comme un voile qu'on jette dans les épines. Tu m'as jetée dans la gueule du loup. Enfoncée dans ton égoïsme, tu me laissais seule des journées entières, pour le servir. Cela t'arrangeait alors, que je vous serve de bonne, à toi et à tes enfants ? Cela t'arrangeait ? Et tu ne pensais pas que j'étais une pauvre fille faite de chair, comme toi ? Pourquoi l'aurais-tu aimé toute seule ? Pourquoi n'aurais-je pas éprouvé ce que tu éprouvais toi aussi, et plus fort que toi ? Tu n'y pensais pas ? Et si tu n'y pensais pas, n'étais-tu pas la plus dénaturée des femmes ?

– J'avais confiance en toi, murmura Antonietta. Tu étais ma petite sœur. Tu étais Nicolinedda… Je n'y pensais pas… Je n'y pensais pas, répéta-t-elle avec désespoir, le front entre les mains. Comment imaginer une chose pareille ? Je ne savais pas que je réchauffais un serpent dans mon sein… J'aurais dû te regarder. Je me serais aperçue que ton visage n'était pas celui d'une innocente. Regarde-toi, mais regarde-toi dans la glace, malheureuse ! Tu as le visage du péché, le visage de celui qui trahit son propre sang !

– C'est *ta* faute !

– Ma faute ! Mais si tu étais partie tout de suite, à ce moment-là…

– Ta faute !

– … les enfants étaient encore petits…

– Non. Je ne pouvais pas m'en aller. Je ne pouvais pas quitter cette maison maudite par le Seigneur. Je serais partie comme un corps sans âme. Partir ! Comme un chiffon qui ne sert plus à rien ! Comme l'écorce d'un citron que l'on jette ! Ma mère m'avait confiée à toi. Et j'aurais dû rentrer humiliée, quand je n'aurais plus été capable de feindre, déjà vieille sans avoir vécu ma part de vie ? Elle m'aurait regardée de ses yeux usés par les larmes pour pleurer d'autres larmes, encore plus amères. Et mes frères ? Comment m'auraient-ils accueillie ? Et Caterina ? Caterina ne connaît pas le mal et n'a pas de pitié pour ceux qui trébuchent…

– Pars maintenant. Va-t'en ! Il n'est jamais trop tard !… Ils ne sauront rien, si tu te tais. Cela dépend de toi. Laisse-moi en paix, au moins maintenant ! répéta Antonietta d'une voix angoissée. Aie pitié de mes enfants... Moi, à ta place, j'aurais fui, disparu mille fois. Tu aimes mes enfants, mais tu n'as pas honte de les scandaliser...

– Si tu ne te faisais pas entendre, malheureuse que tu es, ils ne comprendraient pas... Tu t'es même vengée en disant du mal de moi à Carmelina. Non, reprit-elle. Je ne pars pas. Tu veux rester tranquille dans *ta* maison, avec *tes* enfants ! Eh bien, non ! Je serai le boulet que tu traîneras. J'ai ramassé les restes de ton bien-être comme Lazare à la table du riche Epulon. Tu veux me chasser pour être tranquille ? De quel droit ? Moi qui l'adorais « alors » sans le savoir, moi qui le servais avec plus de dévotion que toi...

Elle s'interrompit et regarda autour d'elle, égarée. On entendait tourner la clé dans la serrure. Il devait être quatre heures et demie.

Alessio disparut. Les deux sœurs tentèrent de reprendre leur travail, de leurs mains glacées et tremblantes. À nouveau, le silence retomba sur la maison.

La silhouette de don Lucio s'encadra dans la porte, immense dans son costume vert.

– Vous êtes encore là ? fit-il, mécontent. Antonietta alla dans la cuisine. Nicolina apporta les pantoufles devant le fauteuil de son beau-frère ; puis elle se décida à entrer elle aussi dans la cuisine. Alessio s'était réfugié dans sa chambre, déjà plongée dans la pénombre. La tête entre les mains, il pleurait, le cœur en détresse. Il était plein de pitié pour sa mère, pour sa tante. Il s'était exhorté à entrer pour rétablir la paix entre les deux sœurs, avec des mots gentils. Mais il n'avait pas osé. Sa présence n'aurait fait qu'accroître la souffrance de l'une et de l'autre.

Il ne pouvait pas s'en mêler. Il n'était encore qu'un gamin, un pauvre gamin qui ne doit pas comprendre, qui ne doit pas juger « ceux qui sont grands ». Il était profondément troublé et humilié ; il lui semblait que le monde s'était décoloré d'un coup, et tout espoir, toute beauté semblaient s'être évanouis dans une tristesse infinie.

Les rares scènes auxquelles il avait assisté en cachette, il ne les avait jamais oubliées. Même dans les heures les plus lumineuses, une mélancolie secrète, tenace, imprégnait son cœur d'adolescent.

Il y avait, oui, il y avait « quelque chose » qui enlaidissait la vie, comme une tache qu'on ne réussit pas à effacer.

– Alessio ! Tu viens à table ?

Il se secoua, étourdi. Il se lava le visage pour faire disparaître toute trace de larmes.

Il s'assit à sa place et mangea en silence, sans appétit. Il avait les yeux rouges, et ses cheveux fins, encore mouillés, collaient à ses tempes diaphanes. Mais don Lucio, occupé à mastiquer lentement afin de bien digérer, ne fit pas attention à son fils. Encore un peu excitées, les deux sœurs non plus ne remarquèrent rien.

On préparait les saucisses à la maison, sous la surveillance de don Lucio qui s'y connaissait.

Il avait une moulinette pour hacher la viande, et gardait soigneusement un morceau de liège traversé de plus d'une vingtaine d'épingles pour piquer chaque portion de façon égale. Quand venait le moment de préparer les saucisses, on n'avait pas besoin de chercher partout des épingles, trop petites ou trop grosses, de celles qui trouent et abîment tout, comme cela arrive chez la plupart des gens. Il avait dosé et pesé lui-même, de ses propres mains, le sel, le poivre et le fenouil ; et maintenant que la farce était prête et que les femmes remplissaient le boyau, il s'appliquait à piquer convenablement avec son morceau de liège. Les petites filles aussi s'amusaient à aider, réjouies par l'événement. Il y avait un air de fête. C'est toujours ainsi quand Noël approche et que le buffet se remplit de provisions.

Il manquait seulement Alessio. C'était son dernier jour de classe et il tardait à rentrer, comme d'habitude.

Si tante Nicolina l'avait vu ! Il perdait du temps, presque sans s'en rendre compte, pour le plaisir de perdre du temps. Il s'amusait à se laisser porter par la foule, dans la rue pleine de mouvement, comme un fétu de paille abandonné au courant d'un fleuve. Tantôt il s'arrêtait pour regarder un étalage de jouets insignifiants, tantôt il rêvait en regardant deux hommes qui collaient une affiche grande comme un drap ; plus loin, il allait se fourrer au milieu d'un attroupement, par curiosité. Il voulait acheter *Les Vies des hommes illustres* mais il n'avait pas les quinze sous que demandait le marchand.

– Une autre fois… dit-il en s'éloignant, un peu confus.

Près de chez lui, il se hâta. Au coin de la rue, une femme vêtue de noir, le visage maigre et ridé, semblable à celui d'une bohémienne, s'avança vers lui. Il voulut l'écarter, mais elle l'arrêta.

– N'ayez pas peur d'une malheureuse. C'est vous le fils de don Lucio Carmine ?

– Oui.

– De l'homme de confiance du baron Rossi ?

– Du secrétaire, vous voulez dire ?

– C'est la même chose… Écoutez-moi. Votre père, lui, ne veut pas m'écouter. Je l'ai prié, comme j'aurais prié un saint, et il m'a chassée. Vous, écoutez-moi, au nom de l'amour que vous devez avoir pour votre mère. Il y a trois mois, je lui ai laissé en gage le collier de ma pauvre fille ; un joli collier, assez ancien. Cela s'est passé au rez-de-chaussée de la Casa de 'Venti, là où il règle ses affaires… Il voulait une garantie. Il m'avait promis que je pourrais récupérer le bijou, quand j'aurais de l'argent, sans limite de temps. Je lui ai apporté l'argent : une belle somme, allez ! Il m'a répondu que j'avais dépassé le délai de deux mois et que le collier, il ne l'avait plus ! J'en ai le cœur déchiré, jeune homme ! Dites-le-lui, vous. Vous avez l'air d'un petit Saint-Antoine, et votre cœur ne peut pas être mauvais…

– Mais je ne comprends pas. Papa ne peut pas vous avoir prêté de l'argent !

– Si seulement il ne m'en avait pas prêté ! J'aurais dû m'adresser à un usurier ! Au moins, je ne me serais pas fait duper !

– Je ne vous crois pas !

– Que la Madone m'aveugle si je mens ! Si ce n'est pas vrai, que je ne voie pas le saint jour de Noël !

– C'est impossible ! s'écria Alessio ; et à nouveau, il voulut s'éloigner.

Mais la femme lui emprisonna les mains et lui parla longuement, tout en le fixant de ses yeux pleins de souffrance, de prière et de haine.

– J'en parlerai à papa, dit enfin Alessio, un peu effrayé par le regard de l'inconnue. Je ne peux pas croire qu'il vous ait prêté de l'argent. Absolument pas. Mais je lui en parlerai. Oui, je lui dirai ce que vous m'avez raconté, au risque de me faire battre. Si vous avez dit vrai, murmura-t-il entre ses larmes, vous retrouverez votre collier. Mais que faut-il lui dire pour qu'il se souvienne de vous ?

– Oh, il me connaît ! Parlez-lui de Maria de la ruelle des Trois Rois. Il ne peut pas se tromper de collier. Il est ancien. Au milieu, il y a une petite croix d'or sertie de pierres rouges, si rouges qu'on dirait des gouttes de sang. Il le connaît. Je pense bien qu'il le connaît !

Alessio monta les escaliers en courant. Il fut sermonné.

– Où étais-tu e-xac-te-ment ?

Il ne prêta pas attention aux reproches. Plus tard, il ne se rappela même plus ce qu'il avait dit pour se justifier. Il était comme étourdi. Il entendait encore les paroles de la femme. Il se demandait : « Comment lui dire ? Comment ? »

Et, lorsqu'il croisait le regard ensommeillé et tranquille de son père, il baissait vite les yeux.

« C'est impossible ! se répétait-il en lui-même. Impossible. Je n'aurai pas le courage d'ouvrir la bouche. »

Il lutta toute la soirée, comme un homme. Il alla se coucher sans avoir parlé.

– Bonne nuit. Bénissez-moi… Bénissez-moi…

Le lendemain il respira un peu quand son père sortit pour régler ses affaires. Mais il fut ensuite impatient de le voir rentrer. À nouveau ce fut le soir ; il n'avait toujours rien dit. Nicolina alluma la lampe. Antonietta apporta la serviette avec les registres… Tout était si paisible…

« Moi seul, moi seul, pensait Alessio. J'ai un enfer dans le cœur. »

Il fallait parler, se libérer de cette souffrance. Peut-être valait-il mieux demander conseil à sa mère.

« Il ne me pardonnera jamais d'avoir cru aux accusations d'une passante. »

Mais il suffisait de dire ce qui s'était passé, en montrant qu'il n'en avait pas cru un mot.

– Papa ! s'écria-t-il résolument. Mais sa voix se brisa dans un sanglot.

– Attends un instant, fit don Lucio, qui posa sa pipe et se leva.

– Il va chercher mon cadeau ! murmura Carmelina, rougissant de plaisir. Il me l'a promis hier.

Don Lucio revenait, un petit paquet à la main. Il le défit lentement ; il s'amusait de la curiosité des femmes.

– Qu'elle est belle ! s'exclama Antonietta.

– Qu'elle est belle ! répéta Nicolina.

Alessio se leva pour regarder, et pâlit.

– Non ! Non ! cria-t-il, agité d'un tremblement convulsif. Ne la lui donnez pas, papa ! Je vous en supplie !

Don Lucio tenait entre ses doigts un fin collier d'or ancien, avec une petite croix d'or ornée de pierres rouges.

– Qu'est-ce que tu as ? fit Nicolina, l'obligeant à s'asseoir.

Mais Alessio se redressa avec effort.

– Non ! Ne la lui donnez pas. Il tremblait des pieds à la tête, à bout de nerfs après vingt-quatre heures d'efforts sur lui-même.

– Enfin ! s'exclama don Lucio, frappant la table du poing, l'air menaçant. On peut savoir ce que tu as ?

– Ne lui fais pas peur, pria Antonietta. Il est sûrement malade. Tu ne vois pas qu'il est bouleversé ?

– S'il est malade, qu'il se soigne ! S'il est fou, qu'il aille à l'asile !

– Je ne suis pas malade. Je ne suis pas fou ! s'écria Alessio. Et, d'une voix brisée, il raconta la scène de la veille, sans rien oublier, car chaque mot était resté gravé dans sa mémoire.

Don Lucio l'écouta sans l'interrompre, sans que bouge un seul muscle de son visage. Il fallait le laisser parler jusqu'au bout, pour ne pas éveiller de soupçons…

Mais ce gamin qui découvrait tout, furetait partout, était un dangereux petit juge.

Dominant sa contrariété, il caressa son fils et leur expliqua, à celui-ci et aux femmes, qu'il avait acheté le collier dans la boutique d'un antiquaire, et qu'il l'avait payé assez cher.

– Maria de la ruelle des Trois-Rois…

– Oui, Maria de la ruelle… Je la connais. Elle a servi quelque temps chez le notaire. C'est de là que je la connais. Elle m'a vu acheter le collier. Elle croit pouvoir faire du chantage. C'est une pas grand-chose, une voleuse. Elle a eu affaire à la justice. La ville est pleine de gens comme elle. Elle s'est adressée à toi, parce que tu es un enfant et que tu ne comprends rien… J'en sais quelque chose, moi qui loue plus de trente rez-de-chaussée à des individus de son espèce… J'en vois défiler de toutes sortes ! Je te l'ai toujours dit : ne t'arrête pas pour parler à des gens que tu ne connais pas !

Il parlait entre ses dents pour maîtriser sa colère. Alessio était abattu, ses oreilles bourdonnaient. Enfin, il ne comprit plus rien ; on le porta sur son lit, comme un enfant. Il fut pris d'un accès de fièvre.

– Fièvre nerveuse, affirma don Lucio lorsqu'il alla le voir, le lendemain. Il apprendra à vivre.

Pendant deux jours, tant que dura le délire, il resta au chevet du malade, guettant les mots qu'il pourrait prononcer : il avait peut-être caché quelque chose.

Pourtant, à part la stupide histoire du collier, Alessio ne savait rien d'autre. Don Lucio se sentit soulagé ; malgré cela, il ne parvint pas à vaincre la sourde méfiance que lui inspirait son fils, le seul qui échappât à sa surveillance vigilante.

Le bijou fut englouti dans la cassette d'acajou ; et Carmelina pleura son cadeau perdu. La serviette qui était sur l'étagère, près du balcon, disparut aussi ; le soir, don Lucio se levait pour la prendre, dans un tiroir fermé à clé.

Après ce Noël sans joie, Alessio retourna en classe, affaibli par la fièvre, et ne rencontra plus d'importuns.

Il était vexé de sa propre crédulité ; pourtant, un doute persistant le tourmentait.

Il avait peur, surtout au crépuscule, de rencontrer la femme en noir, au visage de bohémienne ; elle devait être là, tapie contre le mur, à l'attendre, avec son regard plein de haine et de prière.

Son père ne pouvait pas avoir menti. Il le revoyait tel qu'il était ce soir-là, tranquille, convaincant, mi-offensé, mi-indulgent… Il n'avait pas menti.

Mais où était passé le collier ? Pourquoi ne pas l'avoir donné à Carmelina, s'il avait vraiment été acheté ?

Au souvenir de cette croix d'or ancien, sertie de pierres rouges, si rouges qu'on aurait dit des gouttes de sang, il frissonnait de dégoût.

Don Lucio devait partir pour son voyage annuel au cours duquel il réglait les affaires du baron ; pour finir, il devait même aller à Catania rendre visite à ses deux sœurs mariées ; il en revenait toujours les bras chargés de provisions et de cadeaux. Il avait fait en sorte que ses sœurs ne lui causent pas d'ennuis et il se souvenait donc d'elles, tous les ans, avec une certaine tendresse.

– Eh ! Eh ! disait-il, persuadé d'être réellement ému. Eh ! le sang n'est pas de l'eau !

Disant cela, il s'efforçait de faire entrer dans les valises et les paniers toutes les conserves, tous les fruits et les pains d'Espagne que ses sœurs avaient préparés pour leurs petites-nièces, qu'elles ne connaissaient pas encore. Dans ces moments-là, elles oubliaient que leur unique frère ne les avait pas secourues à l'époque où elles s'étaient retrouvées orphelines et sans avenir...

Tout était prêt pour le départ. Les petites filles, que l'on n'avait pas envoyées chez les religieuses pour qu'elles puissent dire au revoir à leur père, se poursuivaient en riant, dans la cour ; Alessio y avait transporté les valises, deux grandes valises de cuir noir recouvertes de housses en toile de jute, sur lesquelles se détachaient les initiales « L.M.C. » ornées de rameaux rouges et jaunes.

Les femmes, en larmes comme tous les ans, retenaient don Lucio devant la porte, lui recommandant de saluer tous ceux de Sant'Agata. Nicolina, qui avait saisi la main de son beau-frère, la couvrait de baisers en répétant un nom bien-aimé, un nom qui lui brisait le cœur chaque fois qu'elle le prononçait à voix haute.

– Maman... Vous direz à maman...

Antonietta n'était pas offensée que sa sœur salue le voyageur avec la même tendresse passionnée qu'elle. C'était un moment de sincérité fugitive et profonde, au cours duquel chacune lisait dans le cœur de l'autre.

Elles ne pleuraient pas à cause de lui, oh non ! Elles pensaient intensément aux lieux qu'il allait retrouver et que leurs yeux languissaient de voir depuis tant d'années. À la nostalgie du passé se mêlait l'appréhension des jours à venir. Elles craignaient de rester seules, face à face, comme deux coupables enfermées dans la même cellule – et sans issue.

Don Lucio absent, les enfants en classe, il n'y avait plus de raison de se taire. Les querelles éclataient, toujours plus violentes, plus fréquentes. Si Nicolina restait enfermée dans sa chambre, son « pigeonnier », et Antonietta dans la sienne, à l'autre bout de la maison, tout allait bien pendant quelques jours. Elles ne se voyaient qu'à l'heure des repas ; il arrivait même qu'elles ne se voient pas à ces heures-là : en l'absence du maître de maison, elles ne cuisinaient pas tous les jours et se contentaient de manger un morceau debout, entre une occupation et l'autre. Des journées pleines de silences exaspérants, ou un véritable enfer, voilà ce qui les attendait…

Dehors, on s'impatientait, des coups de fouet claquaient.

– Laissez-moi partir, dit don Lucio. Et il se mit à descendre les escaliers, escorté par les femmes. Celles-ci savaient qu'arrivé à l'avant-dernier palier, il se retournerait, et elles s'arrêtèrent donc un peu avant. Il s'arrêta à l'avant-dernier palier et se retourna, montrant son front bas et ridé, sous sa casquette à petits carreaux.

– Quel jour sommes-nous ?

– Samedi, répondit Antonietta.

– Nous sommes le quinze, ajouta Nicolina.

Don Lucio regarda son agenda, où il avait noté tout l'itinéraire de son voyage, et annonça :

– Je serai de retour ici le trente du mois prochain, avec le train de six heures vingt.

Et il continua à descendre.

Lui qui divisait le temps avec une précision mathématique ne croyait pas aux imprévus qui frappent tant d'hommes. S'il disait qu'il rentrerait le trente, il rentrerait le trente, avec le train de six heures vingt, et il serait à la maison à sept heures pile. Il voulait trouver prêts le bouillon et le rôti, son linge propre plié au pied du lit, de l'eau chaude pour se laver.

Il embrassa les petites et, après avoir répété quelques recommandations d'une voix monocorde, embrassa Alessio. Il étreignit sa femme puis, sans hésiter, serra gravement la main de sa belle-sœur, la baisant paternellement sur le front. Nicolina fondit alors de nouveau en larmes, et son exemple fut suivi, comme un écho, par Antonietta et les petites filles.

Voilà qu'elles étaient seules pour de bon.

– Adieu ! Adieu !

– Bénissez-nous, papa !

L'escalier résonnait de sanglots…

Après tout, c'était la seule personne qui les aimait vraiment…

« Est-ce donc sa faute ? se demandait Antonietta en remontant. Est-ce donc sa faute si le destin a voulu qu'elle s'attache à sa vie comme un fil fragile qui se mêle aux branches d'un arbre ? Et n'a-t-elle pas expié maintenant ? »

Leurs cœurs débordaient de la même pitié. L'une devant, l'autre derrière, dans l'escalier, elles eurent la même impulsion : se parler sans ambages, avec humanité, puisqu'elles avaient été toutes deux trompées par la vie, et qu'elles devaient se pardonner…

Mais lorsqu'elles refermèrent la porte qui grinça sourdement en tournant sur ses gonds, un même froid les saisit, une rancœur incoercible les arma l'une contre l'autre.

Agata sautillait dans la salle à manger, poussant sa sœur, heureuse, maintenant que son père était parti, de pouvoir faire du bruit librement, sans la menace du terrible petit fouet.

Nicolina sentit la colère l'envahir, comme si cette incontrôlable gaîté était provoquée par ses larmes.

– Sans cœur ! cria-t-elle, en secouant brutalement Agata. Papa n'est pas encore arrivé à la gare et tu ris déjà !

Elle courut se réfugier dans sa chambre pour donner libre cours à ses larmes – auxquelles elle n'avait pas droit en ce moment, sous peine d'être jugée et ridiculisée.

Agata, la plus petite, celle qui avait grandi nourrie par la haine d'Antonietta autant que par son lait, Agata se moquait d'elle… Oui, elle se moquait d'elle…

– Alors ? répéta Alessio avec insistance.

– Je ne sais pas… Papa n'est pas là… Nous aurions l'air de profiter de son absence…

– Pour faire une promenade innocente ? termina Alessio. Allons, maman, n'exagérez pas !

Décidez-vous, au moins pour les petites qui ne voient jamais le soleil ! Quand papa est là, on n'a jamais le temps. Quand il n'y est pas…

Antonietta ne répondit pas. L'idée de fermer la porte et de sortir avec ses enfants, tranquillement, la tentait. Mais elle entrevoyait des difficultés avec sa sœur qui la jugerait mal, qui l'accuserait peut-être de frivolité quand don Lucio reviendrait.

– Eh bien, dit-elle enfin – et un voile semblait obscurcir son visage pâle et mou –, emmène ta tante avec toi. Je ne voudrais pas que ton père trouve la porte fermée, en rentrant.

– Papa ne rentrera pas aujourd'hui ! s'écria Alessio, courant chercher sa tante.

Nicolina se laissa entraîner dans la chambre, avec un sourire.

– Laisse-moi, Alessio ! Où m'emmènes-tu ?

Elle était contente que son neveu l'oblige à entrer dans la chambre de sa sœur.

Antonietta, qui les entendait plaisanter, était heureuse, elle aussi, que son fils se mette entre elles, comme un ange de paix.

Pourtant, lorsqu'elle mit le pied sur le seuil, Nicolina s'en voulut d'être entrée, tandis qu'Antonietta se raidissait involontairement.

– Alessio m'a traînée jusqu'ici, expliqua-t-elle, embarrassée. Il dit que nous devrions sortir.

– Si tu crois que cela lui fera plaisir… fit Antonietta sans lever les yeux. Il fait beau et les petites n'ont pas classe…

– Qu'est-ce que je vais mettre ? demanda Nicolina après quelques minutes de silence. Une robe d'été ?

– Oui ! s'exclama Alessio. Tout le monde est en tenue d'été, déjà !

Les deux sœurs, qui n'avaient pas l'habitude de sortir, mirent longtemps à s'habiller et à trouver tous les menus accessoires indispensables. Il y eut un moment de désordre.

– Agata ! Fais-toi donner le chausse-pied !

– Demande à maman où se trouvent les gants !

– Carmelina ! Va vite chercher ta jupe, elle doit être dans l'armoire de ta tante !

Et c'étaient des ceintures que l'on ne trouvait pas, des boutons qui sautaient comme s'ils l'avaient fait exprès, des manches froissées qu'il fallait vite repasser…

– Une robe d'été avec un chapeau d'hiver ! murmura Nicolina en se regardant dans la glace, mécontente.

Elles cherchèrent encore des petites choses qu'elles avaient oubliées, se plaignirent d'avoir perdu trop de temps, de s'être décidées trop tard…

Enfin, elles furent prêtes, enfin, elles se détachèrent de la maison.

Par un accord tacite, Antonietta resta en arrière avec les deux filles. Nicolina marchait en tête avec son neveu, fier d'avoir sorti sa famille, comme un homme, et il se retournait tous les trois pas, souriant à sa mère avec l'air de lui dire : « Je suis avec ma tante, car je ne veux pas la laisser seule, mais j'aimerais bien être à côté de toi aussi ! »

Son cœur débordait toujours du même désir : voir vivre en bonne harmonie sa mère et sa tante.

Il pensait : « Quand je serai grand, j'aurai une femme et des enfants, je les emmènerai tous les jours en promenade et, pour les rendre heureux, je dépenserai tout l'argent que je gagnerai ! »

Quelques passants se retournèrent pour regarder la petite troupe. Deux jeunes gens sourirent et l'un d'eux dit :

– Elles se sont échappées d'une revue de mode de mon arrière-grand-mère…

À dire vrai, ces deux dames encore jeunes, ridicules dans leurs robes à volants et à falbalas, leurs pèlerines de velours à capuchon, détonnaient dans le décor de la rue, bigarrée et pleine d'animation.

Car c'était justement l'heure de la promenade… Malheureusement…

Alessio eut honte. Il chercha, en vain, à s'éloigner des rues trop élégantes, trop fréquentées, et il ne parla plus. Il sentait que « ses femmes » étaient mal habillées et, s'il passait près d'une dame élégante, il baissait les yeux, rougissait.

« Pourquoi ? se demandait-il avec amertume. Pourquoi faut-il que nous soyons rejetés ? Pourquoi notre vie est-elle condamnée à être aussi terne et vide, tout en grisaille, alors que le monde est beau, lumineux et que les autres sont heureux ? »

Et il marchait, décontenancé et humilié, tête basse, se repentant d'avoir sorti sa famille. La Palazzata lui paraissait plus grande et plus splendide que d'habitude, la rue plus vaste, plus animée, et il avait l'impression que la statue de Neptune le regardait de haut, avec pitié.

Quand ils furent parvenus à la plage, à un endroit presque désert, il reprit courage. La mer, infinie et mystérieuse, l'apaisait toujours.

– Je deviendrai matelot ! dit-il d'une voix forte, achevant ainsi une idée fugitive.

– Dieu nous en garde ! s'écria Nicolina, en s'asseyant sur un rocher. Une vie pleine de risques !

– Quel désespoir, ajouta Antonietta, si je te savais en pleine mer !

– De toute façon… dit Alessio.

« De toute façon, il faudra que je sois ingénieur. » C'était cela qu'il voulait dire.

Et à nouveau, il se sentit le cœur serré par l'insatisfaction. Mais aussitôt, ses yeux brillèrent du plaisir que lui donnait la vue de la mer.

Tous trois restèrent silencieux et recueillis, dans ce calme plein de tendresse. Les fillettes s'amusaient à chercher des cailloux et des coquillages dans le sable, poussant des cris de joie lorsqu'elles découvraient ces choses étranges que la mer rejette et reprend dans son vaste murmure.

– Regardez, dit Alessio. Un brigantin, là-bas.

Et les yeux des deux sœurs se fixèrent sur ce point clair, au loin, qu'Alessio avait appelé « brigantin ». Les pensées restaient en suspens, comme de la poussière d'or, dans l'air lumineux. Toutes leurs petites misères, qu'elles croyaient si importantes, l'âpre rancœur dont l'air de la maison était chargé, semblaient se dissiper et s'évanouir dans la sérénité du ciel immense. Tout leur paraissait minuscule et lointain, comme le brigantin sur la mer.

Le crépuscule les surprit au même endroit, immobiles, dans l'oubli de tout. Ils virent le soleil s'engloutir dans la mer, dans la lumière pourpre qui s'éteignait peu à peu. Ivres de grand air et de liberté, les petites filles couraient encore sur la grève, avec des cris aigus. L'heure était pleine d'une douceur mélancolique.

– Je serai poète… dit Alessio.

Nicolina se mit à rire.

– Tu changerais de métier cent fois par jour. Heureusement que quelqu'un veille sur toi !

Le visage d'Alessio se crispa, blessé par le ton de cette voix trop familière qui le ramenait à la réalité alors qu'il s'en croyait le plus éloigné.

Ils s'en retournèrent tous en rang, car la rue était maintenant presque déserte.

– Tu nous as fait faire une belle promenade ! dit Antonietta.

– Il faudra recommencer, même quand don Lucio sera revenu. Cela nous rendrait tous meilleurs. Ce soir, j'éprouve le même calme, le même bien-être que si j'avais pris un bain chaud.

Tous rirent de bon cœur à la comparaison de Nicolina.

En approchant de la maison, les deux sœurs furent saisies d'une même appréhension. Elles pressèrent le pas, comme si elles avaient craint de trouver don

Lucio, impatient et agacé. Elles montèrent les escaliers presque en courant. Elles se dévêtirent en hâte, comme si don Lucio leur avait reproché d'être sorties sans lui avoir préparé sa pipe et sa citronnade.

C'était l'habitude grise, méthodique, acquise au fil de toutes ces années. Jamais elles ne s'en débarrasseraient.

Il courut sur la plage, marcha sur les rochers familiers, en faisant attention. Il aimait aller jusqu'au dernier écueil et sentir son visage éclaboussé par l'écume des vagues. Il resta un long moment accroupi, immobile, le menton dans les mains ; il suivait du regard les vagues qui se chevauchaient, toutes blanches, et se brisaient rageusement contre le rivage sombre.

Il était chagriné, sans savoir pourquoi. Peut-être à cause de rien. Peut-être à cause de tout. Il vivait un de ses moments de désolation. Son cœur bondissait à la moindre sensation, comme les cordes d'un violon qui vibrent sitôt qu'on les effleure. Près de l'école, un musicien ambulant jouait de l'orgue de Barbarie. Il s'était enfui pour ne pas l'entendre, pris d'une irrésistible envie de pleurer.

Peu à peu il se calmait, devant la mer généreuse et sans limites.

Il y avait, oui, il y avait quelque chose qui enlaidissait sa vie.

Son cœur était déchiré par la souffrance et la honte… Des images fugitives repassaient devant ses yeux que les larmes troublaient. Tante Nicolina, attachée à la maison comme le lierre s'attache à l'arbre et l'étouffe peu à peu... Maria de la ruelle, avec son regard sombre et irrité...

Ah ! pouvoir se délivrer de ce malaise qui se nourrit de riens, qui abîme le cœur, comme la rouille attaque un jeune métal !

Peut-être se trompait-il. Peut-être jugeait-il à tort, car il manquait d'expérience. Il ne savait pas distinguer le bien du mal et il croyait coupables les actions les plus naturelles, comme un enfant, dans l'obscurité, a peur des objets les plus familiers.

Comme il enviait son meilleur ami, dont le père écoutait avec indulgence les moindres confidences ; il s'intéressait à ses livres, à ses amis, à ses escapades, à toutes ces choses agréables ou difficiles qui formaient l'existence de son fils ! Que de fois il avait éprouvé l'envie irrésistible de lui parler !

– Monsieur le baron – il savait déjà ce qu'il lui dirait –, je ne suis qu'un pauvre garçon qui ne comprend rien...

Un garçon qui souffre et qui a peur, car il sent en lui, comme un mal inconnu, les premiers instincts de l'adolescence. Encore un enfant qui a besoin, le soir, du baiser maternel et qui, par-dessus tout, a besoin que son père le guide, tout doucement, vers une vie d'homme...

– Monsieur le baron...

Il pensait malgré lui à sa tante, au collier. Et si ses confidences avaient porté préjudice à quelqu'un ? Il devait se taire, car il ne savait pas distinguer le bien du mal.

Mais il souffrait des discordes familiales, de l'idée que son père se livrait à des prêts d'usurier. Il était insatisfait, et sa bouche en conservait une saveur amère. Il avait lu quelque part : « Dans notre cœur, nous portons l'enfer ou le paradis. » Il est injuste que celui qui n'a jamais fait de mal doive porter l'enfer dans son cœur !

Depuis qu'il fréquentait le lycée, il ne se confessait plus : il aurait eu honte de se montrer à l'église. À présent, il étudiait l'évolution des espèces : on lui enseignait que l'homme descend du singe et que le ciel n'est rien que de l'air. Expliquées du haut de la chaire du respectable professeur Friland, ces vérités bouleversaient son esprit, elles aussi. Quelques années auparavant, le professeur Zermani expliquait les mêmes choses d'une façon différente, avec le même ton qui n'admettait pas de réplique… « Eh bien, se demandait Alessio, lequel dit vrai ? Sûrement le professeur Friland qui s'adresse à des élèves plus âgés… Sûrement. » Mais le professeur Zermani lui aussi était un homme sensé et intelligent. Il n'aurait pas perdu toute sa jeunesse pour enseigner des erreurs ? Rien que des erreurs ?

Mais après tout, étaient-ce bien des erreurs ?

Il leva les yeux. Pas un nuage dans le ciel limpide. Et par-delà cette sérénité azurée, il n'y avait rien ?

Il regarda la mer et pensa avec un frisson à la profondeur de ses abîmes.

– Non, affirma-t-il d'une voix forte, il est impossible qu'il n'y ait rien au-delà du ciel !

– C'est à moi que vous parlez, monsieur ?

Un vieillard maigre, en manches de chemise, se tenait devant lui, dans l'eau jusqu'aux genoux.

– Non, non... fit Alessio en rougissant, tandis que se dispersaient toutes ses rêveries, comme un vol d'abeilles. Que cherchez-vous ?

Le vieil homme fouilla dans la poche de ses pantalons et en tira un oursin, une poignée de patelles. Sans mot dire, il les lui tendit.

– Vous voulez que je les ouvre ?

– Merci ! Mais moi, je n'ai rien... Seulement deux sous. Prenez-les.

Le vieux prit les pièces en souriant, et il ouvrit l'oursin avec un petit couteau. Toujours en souriant, il en ouvrit un autre, offrit d'un geste lent et grave les quartiers rouge vif dans leur coquille noire.

– Vous serez là, demain ? Moi, je viens tous les jours, après la classe.

– Oui, j'y serai, répondit le vieux qui se remit à chercher entre les rochers.

– Vous êtes pêcheur ?

– Non, je suis paysan. Mais comme il a trop plu, je ne peux pas travailler. Alors je viens ici. La mer est bonne pour la santé, et elle offre toujours quelque chose. Mon fils est en Amérique, ajouta-t-il. Ça ne lui plaisait plus, de rester avec moi.

– Alors, vous vivez seul avec votre femme ?

– Je vis seul. Je n'ai plus ma femme. J'avais dix enfants, filles et garçons. Certains sont morts, d'autres se sont mariés, d'autres sont partis en Amérique, et je suis resté comme une branche sans feuilles. Que la volonté de Dieu soit faite !

Et le vieux ouvrit les bras, avec un sourire doux et résigné. Peut-être souriait-il à ses chers morts.

– Au revoir, brave homme, fit Alessio, se mettant debout d'un bond.

– Je vous baise les mains, mon petit monsieur. Pardonnez-moi ce que je vais vous dire. Il n'y a pas longtemps, je vous ai aperçu, aussi affligé qu'un moineau à qui on aurait coupé les ailes. Quand on est jeune, il faut être joyeux.

– Et si ça ne sert à rien d'être jeune ?

– Comment pouvez-vous dire ça, vous qui n'avez pas encore un seul cheveu blanc ? La jeunesse est toujours un bien. Je vous baise les mains, petit monsieur…

Il devait être tard. À la maison, on le gronda.

Mais c'était sans importance. Il avait dans les oreilles la voix cadencée du vieux paysan, et dans le cœur l'envie tranquille d'être bon.

Bien des malheurs s'étaient abattus sur la tête du vieil homme ; son sourire n'avait pas perdu pour autant sa douceur enfantine et ses yeux l'expression résignée que donne la foi.

Lui, il semblait connaître les vérités de la vie.

« Je retournerai le voir, pensa Alessio, et il sera mon ami. »

– Ma tante ! appela Alessio en entrant dans la salle à manger.

Il tenait un paquet de vieux livres et de revues illustrées qu'il ouvrit fébrilement.

Nicolina s'approcha de la table, s'essuyant les mains à son tablier.

– Qu'est-ce que tu me fais faire, Alessio ! C'est bientôt l'heure du dîner !

Mais, tout en protestant, elle se pencha pour regarder les belles illustrations, avec une curiosité joyeuse.

– Regarde cette avenue !

– Et ça !

– Oh ! Qu'il est beau, cet ange ! Il ne lui manque que la parole ! Attends, Alessio, laisse-moi regarder un peu mieux. Melozzo... Il s'appelait Melozzo ? Quel drôle de nom !

– C'est le nom du peintre.

– Ils en ont de la chance, ceux qui ont de si beaux livres !

– N'est-ce pas, ma tante ? Mon camarade Rossi a une étagère grande comme ça, pleine de livres et de revues.

– Demande-lui de t'en prêter, de temps en temps. C'est bientôt l'hiver et cela nous distraira, le soir...

– Je t'ai apporté aussi un très beau livre de Tourgueniev. Il s'intitule *Le Pain des autres.* Tu te souviens de Tourgueniev ? C'est l'auteur d'*Eaux printanières* qui t'a tellement plu. Mais ne montre pas à papa les livres que je t'apporte !

– Sois tranquille.

– Maman ! Pourquoi est-ce que tu ne viens pas voir, toi aussi ?

– Je viens, mon petit Alessio, répondit Antonietta qui passait, les bras chargés de linge. Mais elle ne se pressait pas. La présence de sa sœur lui aurait gâché son plaisir.

Nicolina en oubliait même le ménage. Auprès de son neveu, elle retrouvait la joie de l'adolescence si vite enfuie. Au fur et à mesure qu'Alessio grandissait, elle avait l'impression de vivre une seconde fois. Sans le savoir, il lui faisait découvrir un monde nouveau, jusque-là ignoré.

Les livres qu'il lui apportait, les belles choses qu'il lui montrait, ses conversations étaient pour elle la révélation d'une vie spirituelle plus noble et élevée que la vie de tous les jours, où elle se traînait médiocrement, comme enfermée dans une ouate de brouillard gris. La jeunesse d'Alessio, sa gentillesse faisaient revivre son cœur desséché. Il était plein d'enthousiasme et de sensibilité : il suffisait de peu de chose pour le rendre heureux, et de très peu pour le faire souffrir, comme un oiseau qui gazouille si un rayon de soleil dore les barreaux de sa cage, et se tait, mélancolique, si l'air s'obscurcit…

– Et cette scène, Alessio ?

– C'est l'intérieur d'un harem. Coutume des Turcs : ils ont plusieurs femmes.

Don Lucio apparut sur le seuil, interminable dans son pardessus encore boutonné, un peu irrité que personne ne l'ait entendu rentrer. Il resta un moment immobile, regardant Nicolina et son neveu qui tournaient le dos à l'entrée. Vue sous cet angle, elle paraissait encore très jeune. Sa nuque délicate semblait poudrée ; ses cheveux bruns, qui se mêlaient aux cheveux clairs et fins d'Alessio, avaient des reflets brillants, comme des plumes d'étourneau. Tant de fraîcheur et de jeunesse, leur bonheur insouciant augmentèrent son dépit. Il était déjà vieux, lui. Peut-être à cause de cela, il ne s'était plus intéressé à sa belle-sœur depuis un bon moment. Il restait planté dans l'entrée, le front plissé. Il ne s'était jamais enthousiasmé de cette façon pour des images insignifiantes. Il envia leur gaîté, plein d'une sourde rancune. Ils s'amusaient parce qu'ils étaient insouciants, voilà tout. Ils ignoraient combien il en coûte, de se faire un chemin dans la vie, et ils cueillaient les fruits de ses fatigues sans s'occuper de lui... Ils étaient comme les chevaux de trait qui mangent, la tête dans le sac...

Il crut entendre battre son cœur trop violemment, et s'alarma.

– Enlève-moi tout ça ! ordonna-t-il en s'approchant de la table. Je t'ai déjà dit mille fois de ne pas encombrer la maison de paperasses. D'ailleurs, ajouta-t-il, tu ne fais qu'importuner le petit baron Rossi. Un de ces jours, son père me fera des remarques à cause de toi !

Don Lucio semblait remplir toute la pièce, avec sa longue silhouette.

– Je ne vous avais pas entendu, s'excusa Nicolina. Antonietta non plus ne vous a pas entendu... Je crois qu'elle est à côté...

– Prenez-en à votre aise ! À présent, le maître de maison ne compte pas plus que le chat ! Il rentre, il sort, il va et vient et personne ne s'en soucie. Ces messieurs-dames doivent se distraire !

Alessio rassembla livres et revues et sortit, tête basse.

Nicolina rangea le chapeau, la canne et le pardessus de don Lucio. Elle lui apporta ses pantoufles.

– Vous voulez autre chose ?

– Rien d'autre, répondit-il d'une voix radoucie. Il se pencha un peu sur elle, lui passa un bras autour de la taille et lui dit à voix basse, en soufflant une haleine imprégnée de tabac :

– Tu permets trop de familiarités à ton neveu.

Et comme Nicolina le regardait un peu surprise, il ajouta :

– C'est un âge dangereux, celui-là. Et tu es encore jeune.

Et son regard, que troublait un désir mauvais, fut encore plus éloquent que ses paroles.

Une bouffée de sang monta au visage de Nicolina. Se dégageant de l'étreinte de don Lucio, elle s'enfuit. Jamais les caresses de son beau-frère – du père d'Alessio – n'avaient suscité en elle une horreur aussi profonde. Elle monta l'escalier en courant, s'affaissa sur la dernière marche, le visage entre ses mains.

– Mon Dieu ! Mon Dieu ! murmura-t-elle. Est-il possible qu'il y ait tant de mal dans le monde ?

Oui, le mal est partout, et nous ne nous en apercevons pas, et nous ne pouvons pas nous en garder. Le mal est comme une pieuvre…

– Tante Nicolina ! s'écria Alessio. Il t'a grondée à cause de moi ?

– Non, non. Tu n'as rien à y voir, répondit vivement Nicolina en s'essuyant les yeux. Elle regarda son neveu et sourit avec amertume. Le visage menu avait une expression de pitié aussi douce et féminine, aussi suave et triste que l'ange de Melozzo qu'ils avaient regardé ensemble, pendant cette heure de plaisir pur et fugitif.

Non, non. Lui, lui seul pouvait voir le mal partout, parce que le mal était en lui.

Elle serra entre ses mains la tête de l'adolescent et le baisa au front, tendrement, comme si elle avait été un peu mère elle aussi, elle que le mal avait saisie pour toujours…

Ses oreilles bourdonnaient. Une voix lui répétait – était-ce Antonietta, était-ce sa conscience ? – « Tu ne devais pas rester ici… »

Le remords avait mûri en elle, sans qu'elle s'en aperçoive.

Eh bien, il fallait avoir le courage de réparer.

Alessio n'écoutait pas les dernières recommandations de maître Ciàula, qui lui confiait une de ses bicyclettes les plus fragiles, pour cinquante centimes la demi-heure.

Il l'enfourcha et partit. Il partit à travers les rues animées et se retrouva enfin à l'air libre, le long de la mer, sans avoir repris sa respiration. Il longea comme un fou le rivage tranquille, passa à travers des faubourgs et des hameaux. Il pédalait sans penser au retour, heureux de rouler ainsi au hasard, tandis que le vent lui plaquait au visage des bouffées d'air salé.

À l'horizon se détachaient de gros nuages d'un rose lumineux. Au-dessus de la mer passait un vol de goélands blancs.

En ce moment, la maison de l'impasse était encore dans l'ombre : les femmes, les sœurs ennemies, s'affairaient déjà aux tâches ménagères habituelles, habitées par la même rancœur.

Le soleil, le soleil fort et vivifiant atteignait tard le balcon de la maison triste, alanguie et oppressante, qui donnait sur l'impasse…

Dehors, on respirait librement, à pleins poumons ; l'imagination elle-même semblait s'ouvrir à des idées plus audacieuses… Un jour il s'enfuirait ainsi, pour toujours, sans se retourner ; il abandonnerait tout, il changerait complètement, comme une plante qui se renouvelle au printemps.

Courbé sur sa machine, il avait l'impression de voler. Il ne faisait plus qu'un avec elle, il se sentait des ailes ! Peut-être était-il brusquement devenu un goéland ? Ou l'une de ces créatures mythologiques légendaires, un homme ailé ?

La bicyclette eut une secousse. Quelque chose se tordit, se brisa. Alessio se sentit violemment projeté sur le côté.

Une femme accourut. Il essayait de se relever, honteux d'être tombé et craignant d'avoir abîmé ce qui ne lui appartenait pas. Quelques pêcheurs, qui réparaient des filets sur la plage, un ouvrier qui passait, s'approchèrent.

– Il n'a pas vu le fossé…

– Il allait tellement vite !

– Je voulais le prévenir !

Alessio ne pouvait pas marcher ; il avait mal à une jambe. Il s'assit, humilié.

– Rien à faire, mon petit monsieur, dit l'ouvrier après avoir examiné la bicyclette. Elle est sérieusement abîmée. Il faut une pièce de rechange. Mais voyez donc, s'écria-t-il, en regardant mieux. Elle était fixée juste ici, vous voyez ? Juste sur ce point ! Et vous rouliez aussi vite ? Vous ne le saviez pas ?

– C'est une bicyclette que j'ai louée, avoua Alessio, en regardant lui aussi.

On voyait une vieille soudure sur la partie abîmée. Il reprit un peu courage. Maître Ciàula ne pourrait pas exiger d'être payé.

Il refit la route à pied, tout penaud ; sa jambe lui faisait encore mal. Il arriva exténué chez maître Ciàula qui lui dit aussitôt :

– Deux heures au lieu d'une demi-heure. Ça fait deux lires.

Lorsqu'il vit les dégâts, son visage se fit aussi sombre que la nuit. Il répondit aux justifications d'Alessio en hurlant et en jetant son béret sur le sol.

– Trompé ! Trompé ! répétait-il en ricanant. Qui t'a trompé ? Que le diable t'emporte ! Cette bicyclette marchait très bien. Non ? Et pourquoi ne l'as-tu pas regardée avant ? Maître Ciàula n'a jamais trompé personne. Je suis honnête, moi ! Demande à qui tu voudras. Si quelqu'un de sensé s'en était servi, cette bicyclette serait encore intacte, à l'heure qu'il est !

Puis il se calma et, tout en remettant son béret, il dit d'un ton ferme :

– La réparation coûte cinquante lires : il faut changer la pièce. Plus deux lires de location qui font cinquante-deux. Tu me les apporteras demain ; j'attendrai même jusqu'à après-demain. Dis-le à ton père. N'es-tu pas le fils de don Lucio Carmine ? Il a de quoi payer, il en a largement les moyens ! Un fils comme toi, c'est exactement ce qu'il lui fallait !

Alessio sentit son sang se glacer. Il se remit en route, effondré.

Vue de l'extérieur, la maison, plus grande et plus sombre que d'habitude, lui fit presque peur.

– D'où arrives-tu si tard ? Tu n'es pas allé en classe ? Qu'est-ce que tu t'es fait ? Tu es couvert de boue !

– Ce n'est rien, tais-toi. Je suis tombé. Papa est rentré ?

– Pas encore.

Il se dépêcha de monter l'escalier. Il entendit Nicolina qui disait d'une voix assurée :

– Personne. C'est Alessio qui est rentré.

Il lui sembla que Nicolina avait une voix nouvelle, ou tout au moins différente de sa voix habituelle. Elle disait une chose simple et juste, à laquelle il n'avait jamais pensé. Personne… Il était « personne »… Sans savoir pourquoi, il se sentit encore plus malheureux.

Il attendit que son père ait fini de fumer sa pipe, après le copieux petit déjeuner. Dans ces moments-là, la maison aurait pu s'écrouler, il ne bougeait pas.

Il confia ses ennuis à sa mère.

– Il faut savoir lui présenter les choses, conclut-il. Vous vous y prendrez mieux que moi. Il ne m'écouterait pas. Il faut qu'avant de payer il fasse valoir mes raisons. C'est du chantage. Maître Ciàula en profite parce que je suis trop jeune. Papa peut tout arranger.

Antonietta s'affola. Cinquante lires ! Cinquante lires !

– De toute façon, ajouta Alessio, et son visage se rembrunit, ce n'est pas la fin du monde, vous comprenez ? Il s'agit seulement de montrer à cet homme que je ne suis pas un orphelin et qu'en l'occurrence, mon père s'intéresse à moi en faisant valoir mes raisons. Parce que c'est moi qui ai raison !

Antonietta resta perplexe quelques instants. Enfin, elle s'exhorta au courage, par amour pour son fils.

– Attends, murmura-t-elle.

Elle entra dans la salle à manger, hésita un moment. Elle referma la porte et s'approcha de la table.

– Lucio, dit-elle enfin. Il faut que je te parle.

Don Lucio leva un regard interrogateur. Il s'agissait sûrement de la vieille de Sant'Agata… Il commençait à en avoir assez.

– Alessio, commença Antonietta, a fait une promenade à bicyclette hier. Une bicyclette louée, bien sûr. Pour se dégourdir un peu. Il est tombé, il s'est fait mal. La bicyclette est un peu abîmée. Beaucoup même. Il faut la réparer, dit-elle, incapable de cacher son embarras, ne sachant plus comment continuer. C'est une pièce importante qui s'est cassée, je ne sais plus comment cela s'appelle.

Alessio écoutait, humilié. Tout ce préambule était-il nécessaire ? Lui-même s'y serait pris moins maladroitement ! Une épouse n'est pas un fils et elle peut bien se permettre des paroles plus nettes, plus catégoriques ! Elle aurait dû expliquer l'affaire en quelques mots. Il était si évident que le bon droit était pour lui ! L'argent ne venait qu'après.

La voix soumise, presque plaintive, de sa mère lui déchirait le cœur.

« Oh ! se dit-il, exaspéré. Pourquoi sommes-nous tous lâches, dans cette maison ? »

– Il a été trompé, le pauvre. Il a rapporté la bicyclette et maintenant, il faut cinquante lires, dit-elle enfin, tout d'un trait.

– Et moi, qu'est-ce que j'ai à voir dans ce micmac ? fit don Lucio avec son flegme, qui était parfois plus cruel qu'un coup d'épée.

– Mon Dieu ! murmura Antonietta en se tordant les mains sous son tablier. Il s'en remet à toi, évidemment. À qui d'autre doit-il s'adresser, le pauvre ?

– À moi, vraiment ? Il commence bien jeune à jeter l'argent par les fenêtres, ce petit monsieur. Cinquante lires ! Cinquante lires ! répéta-t-il calmement en posant sa pipe sur le plateau de cuivre, ça ne se trouve pas sous le sabot d'un cheval. Je n'ai pas d'argent pour payer ses caprices. Je travaille, moi. Je lui ai défendu cent fois de louer une bicyclette.

– Et alors ? Qu'est-ce que je réponds à cette âme en peine ?

Dans la cuisine, Nicolina écoutait, le souffle suspendu. Elle avait failli entrer, pour aider Antonietta. Mais elle n'avait pas bougé, dans la crainte d'envenimer les choses.

– Dis-lui, répondit don Lucio, regardant bien en face sa femme qui tremblait comme si elle avait eu la fièvre, dis-lui d'apprendre à obéir. Et ne reste plus plantée devant moi comme une désespérée. Ton fils passe son temps à me faire avaler des couleuvres.

Antonietta sortit. Nicolina, près des fourneaux, pleurait silencieusement.

Tout doucement, pour que don Lucio ne l'entende pas, la mère dit à son fils :

– Écoute, il ne les a pas ici. Mais ne t'inquiète pas. Tu verras, pour quatre heures, moi et… ta tante, nous trouverons l'argent. Après tout, ce n'est pas une grosse somme.

– J'ai entendu, fit Alessio, avec un sourire si désolé que sa mère se sentit le cœur serré. Ce serait injuste de vous tourmenter à cause de moi, « en plus »… Je vais m'entendre avec Ferdinando, tu sais, ce camarade qui est riche… Nous le rembourserons petit à petit. Papa n'en saura rien. Je peux compter sur Rossi, c'est comme un frère.

– Oui, c'est cela ! s'écria Antonietta rassurée. C'est vraiment une bonne idée, Alessio. Mais où vas-tu à cette heure-ci ? Tu m'as dit que tu n'avais pas classe aujourd'hui.

– J'ai regardé l'emploi du temps. J'ai une heure de mathématiques. Après, j'irai chez Ferdinando Rossi. Écoutez, ajouta-t-il en l'étreignant et en cachant son visage contre son épaule, pardonnez-moi de vous avoir bouleversée. Soyez courageuse, soyez courageuse, maman. La vie est une chose triste. Pardonnez aussi à ma tante, je vous en prie. Elle a eu sa part de souffrance… Et maintenant cela suffit - il esquissa un sourire pour atténuer la gravité des mots qui venaient du plus profond de son cœur.

C'était la première fois qu'il osait faire allusion à « cette chose ». Sa mère sursauta.

– Mais tu pleures ! s'écria-t-elle en s'écartant pour le regarder en face.

– Je suis un peu drôle, ce matin, fit Alessio en souriant à nouveau, le menton tremblant. Bénissez-moi, maman.

– Béni sois-tu, mon enfant.

Alessio referma la porte tout doucement. Don Lucio se faisait coiffer ; il semblait dormir, la tête renversée sur le dossier. Nicolina le peignait lentement. Elle avait les yeux rouges.

Dans la maison de l'impasse, les heures passaient ainsi, monotones et pesantes.

D'un signe de la main, Alessio salua Nicolina ; il disparut en courant dans les escaliers sombres.

Don Lucio, déjà attablé, faisait tinter son couteau contre la bouteille, en signe d'impatience. Antonietta prit alors la soupière, à deux mains, et Nicolina fit réchauffer l'assiette de son beau-frère afin que la soupe reste chaude.

Il en donnait du fil à retordre, Alessio ! Et dire qu'il n'était encore qu'un gamin ! Après l'incident du matin, il était sorti et ne s'était plus montré. Où était-il allé ? Où s'attardait-il à une heure pareille ?

« Et si son ami refuse de l'aider ? » pensa Antonietta en posant la soupière.

– Depuis quand est-il sorti ? demanda don Lucio après un silence, tandis qu'Antonietta servait la soupe et que les petites, à la hâte, faisaient le signe de croix.

Personne ne répondit. Comme don Lucio réitérait son inutile question, Antonietta murmura :

– Depuis ce matin. Tu le sais bien. Don Lucio commença à manger. Le silence s'appesantit sur la pièce, comme une chape de brouillard. Les petites filles finissaient d'avaler leur soupe, cherchant à ne pas faire de bruit avec leurs cuillères. Antonietta elle aussi était impatiente de finir, de se mettre à la fenêtre pour guetter Alessio.

Seul don Lucio restait impassible : les épaules bien calées contre le dossier du fauteuil de cuir, les yeux mi-clos, il mastiquait lentement, savourant la nourriture.

Les filles furent enfin autorisées à se lever. Antonietta débarrassa. Nicolina apporta à table la cafetière et tout le nécessaire, car don Lucio voulait assister à la préparation du café, et en respirer tout l'arôme. Il fallait d'abord le moudre, puis elle en jetait une cuillerée dans la cafetière fumante ; elle remuait dès la première ébullition, couvrait à nouveau, et enfin éteignait la flamme sans qu'une goutte d'eau ait débordé ou qu'un peu de l'écume noire ait sali la cafetière nette et luisante, qui semblait en argent.

Mais elle aussi, comme Antonietta, était tourmentée par l'inquiétude. Non, jamais Alessio n'avait tant tardé à rentrer !

Don Lucio sirotait son café voluptueusement. Rassasié, satisfait, il ne désirait rien d'autre ; l'absence de son fils lui était complètement sortie de l'esprit, et il ne remarquait pas l'anxiété qui pâlissait les deux visages.

On frappait. Discrètement, presque timidement. C'était Alessio, sans aucun doute. Il allait rentrer, comme d'habitude, un peu excité et inquiet…

Carmelina courut ouvrir.

– Papa, il y a quelqu'un qui te demande.

– À une heure pareille ! maugréa don Lucio. Dis-lui… Non. Reviens, rectifia-t-il, en posant sa tasse, contrarié. Il venait de se rappeler qu'un de ses débiteurs voulait le voir.

Les femmes tendirent l'oreille. Elles entendirent des chuchotements confus, puis un silence ; la porte d'entrée se referma et celle de la chambre s'ouvrit. Don Lucio appela :

– Antonietta !

Elles accoururent toutes les deux.

– Je dois sortir.

Elles l'aidèrent à enfiler son pardessus ; elles voulurent arranger sa cravate, mais don Lucio était pressé.

– Ça ne fait rien, ça ne fait rien… disait-il.

Sa voix était altérée comme jamais elle ne l'avait été. Agité, il cherchait quelque chose sans savoir quoi, les mains tremblantes. Antonietta rassembla son courage et revint, en cachette, dans la salle à manger.

Il était arrivé quelque chose qui la regardait elle aussi. Elle le sentait.

L'homme se tenait encore derrière la porte close, tête basse, tenant dans ses mains une casquette – une casquette galonnée.

Antonietta devina que c'était un domestique du baron Rossi. Elle lui dit très vite, à voix basse :

– Pour l'amour de Dieu, dites-moi ce qui est arrivé, si c'est quelque chose elle voulait dire « si c'est quelque chose qui me concerne », mais son angoisse était telle que le souffle lui manquait ; elle pensait à Alessio, rien qu'à Alessio.

En la voyant si bouleversée, le domestique crut qu'elle savait. Il répondit :

– Ne vous effrayez pas. Ce n'est pas grave.

Antonietta le fixa, les yeux dilatés.

– Qu'est-ce qui n'est « pas grave » ? Parlez clairement ! Mon fils n'est pas rentré depuis ce matin. Ayez pitié d'une maman. Où est-il ?

Le domestique la regarda avec perplexité, indécis, car on lui avait donné des consignes. Mais il fut ému par cette pauvre dame qui attendait un mot de lui et, pendant que don Lucio venait de la chambre, emmitouflé dans son écharpe de laine pour ne pas prendre froid, il murmura :

– Je travaille chez le baron Rossi, comme vous le voyez. Soyez courageuse, madame…

Antonietta fut traversée d'une douleur aiguë, lancinante, comme si on lui avait déchiré les entrailles.

– Lucio ! Lucio ! cria-t-elle en courant derrière son mari.

Celui-ci se retourna brusquement, lui fit signe de se taire et de s'enfermer dans la maison.

– Je reviens tout de suite, dit-il d'une voix forte.

Et il continua à descendre les escaliers.

Antonietta resta sur le palier, pétrifiée.

– Qui est-ce ? Qu'est-il arrivé ? répétait Nicolina.

– C'est un domestique du baron Rossi. La Sainte Vierge nous a punies.

Et elle s'affaissa comme un paquet de chiffons. Nicolina passait ses mains crispées dans ses cheveux.

– Alessio ! Alessiuccio ! murmura-t-elle, éperdue. Elle voyait tourner et tanguer les escaliers, ses oreilles sifflaient.

Elles restèrent un moment silencieuses, l'une et l'autre. Les fillettes se mirent à pleurer, épouvantées de voir leur mère étendue sur le sol, devant la porte.

En les entendant, Nicolina revint à elle. Elle les gronda :

– Taisez-vous. Qu'est-ce que c'est que ces pleurs de mauvais augure ? Nous ne savons rien. Il n'a peut-être pas le courage de rentrer, à cette heure-ci... ajouta-t-elle d'une voix plus basse, se cramponnant à cet espoir.

Elle se pencha sur Antonietta :

– Lève-toi, pria-t-elle doucement.

– Non ! s'écria sa sœur sans la regarder. Laisse-moi attendre en paix !

De nouveau elles se turent et attendirent devant la porte, comme deux mendiantes. Et les minutes qui passaient, dans le silence lourd de mystère et d'angoisse, semblaient une éternité.

Nicolina dit enfin, d'une voix de somnambule :

– C'est le domestique du baron. Antonietta, je sais où se trouve l'hôtel Rossi...

Antonietta se leva péniblement, tendit la main à sa sœur pour qu'elle l'aide à se relever.

Son regard était celui d'un blessé qui doit accepter le secours de l'ennemi qu'il déteste.

La foule s'était massée, en une haie dense, devant la porte cochère de l'hôtel. Des gens circulaient sur la place ; certains s'arrêtaient pour poser des questions ; d'autres poursuivaient leur chemin, pressant le pas pour ne pas être appelés à témoigner, au cas où il serait arrivé une vilaine affaire.

Une femme pleurait et répétait par intervalles :

– Si jeune ! Si jeune ! Seigneur, protège la tête de mes enfants !

Un vieux monsieur portant des lunettes d'or et une longue barbe blanche s'arrêta lui aussi pour s'informer.

– C'était un garçon heureux, expliqua un petit homme sec, le notaire Marullo. Fils unique, adoré par ses parents... Il ne lui manquait rien...

– Eh ! Eh ! toussota le vieux monsieur. Qui peut se mettre à leur place, cher notaire ? Un enfant peut se tourmenter sans le vouloir et sans le savoir. Il y a un âge où les petites misères de la vie semblent terribles... Si nous nous en occupions un peu plus...

Le vieux s'éloigna tout de suite. Un ouvrier voulut donner son avis :

– Il parle comme un livre, ce monsieur. Moi, je ne sais ni lire ni écrire, mais je connais la vie. C'est notre époque qui est responsable ! Autrefois, ces choses-là n'arrivaient pas. Les enfants ne cherchaient pas midi à quatorze heures ! Ils voulaient seulement le pain et le sommeil, et ils craignaient leur père… Maintenant, ils sont vieux avant de naître.

Un murmure parcourut la foule. Un homme long et maigre, en pardessus, traversait la place, suivi par un domestique.

– C'est le père ! entendit-on chuchoter.

– Celui-là ?

– Oui, c'est lui.

– J'ai reconnu le domestique qui est allé le chercher.

– Pousse-toi un peu. Je ne le vois pas !

– C'est le père…

– C'est le père, murmura encore la foule en se pressant davantage devant la porte, qui s'ouvrit pour laisser passer don Lucio et se referma aussitôt, pesamment.

La foule était parcourue d'un frisson de curiosité malsaine : oh ! assister à la scène qui se déroulait là-haut, dans la pièce éclairée…

La porte cochère s'ouvrit et se referma. Le domestique sortait, tenant un billet. On l'arrêta. Certains ne connaissaient pas encore tous les détails.

– Je ne sais rien, moi, répétait le domestique, ému, incapable de surmonter son besoin de s'épancher. Mon pauvre petit maître est couché, tellement le choc a été fort. Le médecin est là. Le même qui a été appelé pour « l'autre ». Je cours chercher un médicament. Je suis pressé, laissez-moi passer. Comment c'est arrivé ? Qu'est-ce que je peux vous dire ? Je ne sais rien. Mon petit maître dit que son camarade a voulu essayer l'arme pour s'amuser, après le déjeuner ; c'est ce qu'il a dit à la justice. C'est la vérité. Il était resté déjeuner avec nous parce qu'il avait décidé : « Je ne rentre plus chez moi. » Le baron lui a promis de parler à son père : « Tu verras, ça s'arrangera ! » Il ne voulait pas. D'abord, il était excité. Il ne savait pas lui-même ce qu'il voulait faire. Il voulait s'enfuir. Il parlait de se cacher dans un bateau à vapeur. Je l'ai entendu délirer, moi aussi. Le jeune baron a donc préféré le garder près de lui. Il l'aimait comme s'il avait été son égal. Il semblait même avoir réussi à le calmer. Il aurait mieux fait de le laisser partir ! À l'heure qu'il est, qui sait ?... Il a voulu essayer l'arme. Il a dit : « Tu en as de la chance d'avoir même un revolver à portée de main ! » Mon petit maître s'est mis à rire. Puis, ils ont commencé à lire un livre. À un moment, mon petit maître a dû se rendre dans le bureau de son grand-père, le vieux baron. Il a laissé l'autre seul. Ça lui arrivait de le laisser seul : « Il est si bien élevé, disait-il, qu'il ne se hasarde même pas à regarder dans la bibliothèque. » Donc, il sort... Moins d'une minute après, on entend une détonation... et puis une autre... Il faut croire qu'il lui est passé une vilaine idée dans la tête, tout d'un coup. Notre esprit, c'est comme la mer : il y a des tempêtes... Si mon petit maître ne l'avait pas laissé tout seul, avec ce revolver à portée de la main... Qui sait ! Passé un moment.... La pièce donne directement sur le jardin. Il est allé dans le jardin. Il y a de quoi devenir fou ! Et à le voir maintenant, Seigneur ! On ne dirait jamais qu'il est mort de mort violente !... Laissez-moi passer ; par charité, ils attendent le médicament...

Il s'éloigna en parlant encore tout seul, gesticulant. Les gens commencèrent à se disperser, car il n'y avait plus rien à voir ni à entendre.

Sur la place à moitié déserte passèrent deux femmes, enveloppées dans des châles noirs. Elles frappèrent à la porte, entrèrent.

Les derniers badauds se dispersèrent à leur tour. Le spectacle était terminé. L'hôtel Rossi, majestueux et sombre, se dressait sur la place déserte, fenêtres closes. Une seule restait ouverte, éclairée par les lueurs rouges et tremblantes des torches allumées.

Durant les trois jours de visites, les petites filles restèrent chez les religieuses, même la nuit. Don Lucio, la barbe longue, le béret enfoncé jusqu'aux oreilles, avec toutes les apparences du deuil, s'émouvait lui-même lorsqu'il se jetait un coup d'œil dans le miroir et, dans les moments de liberté, il allait vite se battre un œuf dans la cuisine, car son pouls lui semblait trop faible.

Pendant trois jours, les gens défilèrent. Don Lucio avait beaucoup d'amis et de connaissances : membres d'associations et de ligues dont il faisait partie, employés du baron, et, surtout, débiteurs.

Certains venaient par devoir, d'autres dans l'espoir d'obtenir ses bonnes grâces, les uns par curiosité, les autres pour le plaisir de s'introduire enfin chez quelqu'un qui, sans être misanthrope, n'avait jamais ouvert sa porte à personne. Toutes ces visites rassuraient don Lucio et le libéraient peu à peu d'une crainte obsédante : que la mort violente d'Alessio puisse ternir sa bonne réputation en ville. Le baron venait de lui promettre un poste de confiance : l'administration de ses biens, et l'assesseur Laurà avait fait miroiter l'espoir d'une charge importante à la mairie. Tout le monde l'estimait, l'adulait. Mais ses ennemis qui attendaient dans l'ombre, prêts à le frapper dans le dos, n'allaient-ils pas profiter de ce tragique événement pour le discréditer auprès du baron, et de tous ceux qui avaient confiance en lui ?

Ces idées le tourmentaient.

Mais peu à peu, ses craintes se dissipaient. L'adolescent n'avait laissé aucun message qui aurait expliqué sa terrible décision – peut-être l'avait-il prise à l'improviste, dans un accès de folie. Il n'avait pas écrit une seule ligne. Ses cahiers, ses livres, bien en ordre sur la petite table, dans la chambre de Nicolina, ne renfermaient aucun souvenir. Il s'en était allé ainsi, sans laisser aucune trace…

Dans le petit salon plongé dans la pénombre, les visiteurs entraient sans saluer et s'asseyaient en silence, selon l'usage.

– Quel coup… Quel coup terrible… Courage, pauvre ami…

Ils chantaient ses louanges, à mi-voix, répétant qu'un homme tel que lui, aussi dévoué à sa famille, ne méritait pas un aussi terrible malheur. Don Lucio, tassé dans un fauteuil, tête basse, semblait ne pas écouter, selon l'usage.

Il y avait même un article dans *Charybde et Sylla*. On le lui fit passer, avec des airs mystérieux.

– Quand vous serez plus calme. C'est le travail d'un professeur de lycée. Écrit avec beaucoup de finesse.

On lui résumait à voix basse le contenu de l'article dans lequel il était question de la décadence des mœurs, et des lectures qui perturbaient les jeunes. Don Lucio prenait le journal sans desserrer les dents et le posait sur la table basse qu'il avait placée à côté de lui et où étaient rassemblées les condoléances : billets envoyés par les connaissances, un télégramme de ses sœurs de Catania, une lettre de Sant'Agata et puis, bien en vue, un billet de la main du baron et une enveloppe avec le cachet de la mairie, de l'assesseur Laurà. S'il y avait des ennemis parmi les visiteurs, ils voyaient ainsi que don Lucio Carmine était toujours, même dans le malheur, un homme d'importance…

Il écoutait avec intérêt les commentaires, les bavardages, les réflexions qui lui donnaient une idée de l'opinion publique, en ville. Le malheureux événement était toujours commenté de la même manière. On semblait s'être donné le mot.

Alessio était jugé avec indulgence, comme un enfant gâté par de mauvaises lectures. L'opinion générale et le magnifique article psychologique de *Charybde et Sylla* étaient renforcés par la découverte, sur la table à laquelle étaient assis les deux amis, d'un livre intitulé *La Vie est une sottise.*

Les femmes, réfugiées dans la salle à manger, ne recevaient pas de visites. Elles ne connaissaient personne. Quelques voisines et la veuve du premier étage montèrent, par compassion pour ces deux pauvres dames « seules comme des âmes en peine ».

La femme d'un employé qui s'était fait prêter une forte somme par don Lucio vint les trouver, un soir. L'homme avait eu l'idée d'emmener sa femme, dans l'espoir de se faire pardonner un acompte impayé…

C'était une femme mal vêtue, qui portait une mantille de soie usée, jaunie par les années. Tout le temps que dura la visite – elle attendait que son mari vienne l'appeler, du salon –, elle resta silencieuse, les mains croisées sur son giron et les yeux au sol. On devinait de pauvres mains, déformées et noueuses, dans les gants de gros coton ; des yeux las, aux paupières un peu enflammées. Sa présence apporta comme un réconfort dans la pièce sombre. Elle ne parlait pas. Mais elle semblait dire doucement, avec son attitude humble et résignée de femme pauvre :

« C'est notre vie. Que faire ? C'est comme ça. Travailler, élever nos enfants dans la souffrance. Nous donnons à nos enfants notre lait, et quelques larmes que nous ne savons pas retenir. Et ils les boivent aussi, et elles empoisonnent pour toujours leur vie… »

Et les deux femmes, pensives, hochaient la tête, semblaient approuver ces mots informulés.

Un peu avant de partir, la femme de l'employé dit, comme si elle reprenait le fil d'un propos interrompu :

– …Elle avait quinze ans, ma fille, quand elle s'est enfuie de chez nous. Maintenant nous avons fait la paix. Mais son mari la bat, et elle doit travailler pour l'entretenir. Souvent, la nuit, on frappe à notre porte.

J'ouvre. C'est elle qui vient chercher refuge chez nous. C'est pour cela que la pension de mon mari ne suffit pas… Eh bien, n'aurait-il pas mieux valu la pleurer une seule fois, au lieu de la voir traîner le poids d'une vie manquée ?…

Elle se tut et s'essuya les yeux. Elle voulait dire que parfois, la mort est plus sage que la vie.

Les deux sœurs la regardèrent un moment. À nouveau, le silence envahit la pièce.

Antonietta n'avait pas pleuré une seule fois. Même lorsqu'elle était entrée dans la maison inconnue où était Alessio, ses yeux étaient restés secs. Maintenant ils brûlaient, comme si les larmes qu'elle n'avait pas versées étaient toutes amassées entre ses cils.

Nicolina était épuisée, à bout de nerfs. Elle avait perdu connaissance deux fois. Elle bâillait, sa tête lui semblait très lourde. Un murmure continu lui parvenait du salon. Le temps passait si lentement… Elle souffrait, comme si elle avait attendu une délivrance qui n'arrivait jamais, et elle implorait sa sœur du regard.

Mais Antonietta restait immobile, pelotonnée dans l'ombre. Son visage, qui émergeait du châle noir comme d'un sombre cadre ovale, avait des reflets jaunâtres. Elle regardait droit devant elle, sans un battement de paupières. Dans l'obscurité, entre les plis souples du châle noir, on aurait dit que ce visage était celui d'un spectre privé de corps. Nicolina alluma la lampe afin de voir sa sœur devant elle, au lieu de ce visage suspendu.

Antonietta se levait. Elle ne voulait pas de lumière. Elle s'accroupissait de nouveau dans l'angle le plus reculé et reprenait son immobilité.

Et Nicolina voyait encore surgir, de l'ombre, ce visage semblable à celui d'une noyée, dans un marécage blême.

Elle mettait les mains devant ses yeux, exaspérée. Les yeux fermés, elle revoyait son neveu mort, sur le petit lit de son riche ami, entre deux grandes torches allumées et fumantes. Elle pleurait alors de terreur, à petits coups, comme une enfant prise au piège, poursuivie par son ombre.

« Mon Dieu ! Est-ce que ce sera toujours ainsi ? Toujours ? »

Elle gémissait et sanglotait tout haut pour rompre le silence de la pièce, espérant qu'Antonietta se laisserait aller à pleurer.

Mais Antonietta restait impassible.

Nicolina prépara l'eau citronnée. Elle posa le porte-documents sur le bureau et regarda autour d'elle pour voir si tout était en ordre, si elle n'avait rien oublié. À présent, don Lucio faisait une petite promenade après le dîner. Sans doute les soirées lui paraissaient-elles longues, à lui aussi.

Elle s'arrêta devant la porte fermée de la chambre.

– Bonsoir, Antonietta. Je vais me coucher ! cria-t-elle.

Elle guetta une réponse à travers la porte, pendant un moment. Elle monta l'escalier de bois, soulagée par la certitude que, ce soir, elle ne rencontrerait pas son beau-frère. Elle était toujours la Nicolina humble et obéissante. Mais maintenant, elle le fuyait.

– Laissez-moi, osait-elle prier d'une voix rauque, lorsqu'il la saisissait par les poignets, l'attirant contre sa poitrine. Laissez-moi…

Il la lâchait alors et la suivait du regard tandis qu'elle quittait la pièce, menue, fragile, les épaules un peu effacées et le buste creux, les hanches à peine dessinées sous l'ample jupe de cotonnade noire. Au même instant, il revoyait lui aussi Alessio sur le lit étranger, calme comme s'il s'était endormi sans le vouloir, dans la maison étrangère. Il enlevait ses lunettes et, enfoncé dans le fauteuil de cuir, se mettait à fumer pour chasser cette vision. Il sortait. Il tâchait de rencontrer quelqu'un qui l'inviterait au café, au théâtre, ou qui lui ferait faire un bout de chemin en bavardant.

Il avait bien le droit de vivre en paix ! Il n'avait fait de mal à personne. Il n'était pas le maître du destin. Bien sûr, si cela avait été en son pouvoir, il aurait rendu son fils heureux.

Mais de quoi donc avait-il souffert, ce garçon ? L'avait-il jamais maltraité ? Avait-il été un père tyrannique, un mauvais père ?

Lui, il savait ce que c'est qu'une enfance difficile ! Il avait été élevé par son grand-père, un vieillard robuste et ombrageux, qui l'avait battu sans pitié, avant de le chasser… Il avait su trouver au fond de lui-même des ressources et tracer son propre chemin. Ses sœurs aussi, pauvres, mais résignées et prudentes, avaient trouvé leur voie.

L'« autre » – son fils – était un faible.

Un refus – et don Lucio sursautait à ce souvenir comme si au fond de lui-même quelqu'un l'avait accusé –, un refus catégorique, pour son bien, avait suffi à lui déranger la cervelle, à lui rendre la vie intolérable.

C'était un faible, qui serait vite devenu un vaincu. Non, ce n'était pas sa faute s'il n'avait pu lui transmettre l'énergie nécessaire à la vie.

Lorsqu'il réfléchissait ainsi, qu'il cherchait à se convaincre, il retrouvait la maîtrise de lui-même.

S'il lui arrivait d'être pris de dégoût pour ses spéculations – en pensant à l'incident du collier –, il devenait plus âpre envers ses débiteurs et ne s'embarrassait pas de mystères chez lui.

– Oui, disait-il à Nicolina qui regardait avec effroi les beaux bijoux du coffret d'ébène. Oui, c'est comme ça que j'utilise mon argent. Demain, mes filles seront riches. C'est pour elles que je le fais. Mais ne sois pas idiote, toi aussi ! Me crois-tu capable de ruiner les gens ? Est-ce que j'ai une tête d'usurier, moi ? C'est un commerce comme un autre…

Non. Il ne pouvait pas tolérer que le souvenir d'Alessio, l'impression laissée par cette soirée de Noël, et surtout le souci de l'apparence qu'il avait eu jusque-là, paralysent sa volonté.

Et il cherchait toutes les occasions pour inspirer de la crainte à ses filles. Longues et pâles, maigrichonnes, vêtues de noir, elles n'allaient même plus chez les religieuses car il craignait qu'elles ne lui échappent, comme Alessio. Il voulait les surveiller. Il voulait les former lui-même, à sa façon, dociles, simples, ignorantes, sans désirs, comme doivent être les femmes.

Le soir, quand les filles allaient se coucher et que Nicolina s'affairait encore dans la maison, il l'appelait. Il l'enlaçait, l'embrassait sur la nuque avec violence, presque rageusement, pour affirmer une fois de plus qu'il était le maître. Toute pâle, elle répétait en lui résistant :

– Laissez-moi…

Et elle trouvait la force de se défendre, de lui échapper. Il ne s'en souciait pas. Il s'amusait à gagner la partie, à se montrer le plus fort. Il l'entraînait dans le petit salon en la tenant serrée contre lui, souriant méchamment sous sa moustache taillée en brosse.

Il la sentait trembler entre ses bras nerveux. Mais il ne voulait pas y prêter attention.

Ces nuits-là, pendant que son beau-frère ronflait, Nicolina veillait. Assise au pied du petit lit intact, devant la table sur laquelle elle avait rangé les livres d'Alessio, elle veillait et priait. Elle demandait aussi pardon pour son beau-frère.

Pour tous, la vie avait changé irrémédiablement, même s'il n'y paraissait rien. Don Lucio lui aussi s'en rendait compte. Sa belle-sœur continuait à le servir avec la même ponctualité, mais son visage avait une expression d'ennui résigné. Antonietta ne quittait sa chambre que si on l'appelait. Elle fixait obstinément don Lucio, comme si elle avait voulu lui parler, sans oser le faire. Sa présence muette et douloureuse irritait don Lucio au point qu'il finit par ne plus la faire appeler à l'heure des repas...

– ...Visiblement, elle préfère rester seule... conclut-il pour justifier sa décision.

Les filles lui apportaient ses repas dans la chambre ; Antonietta, qui s'était fabriqué un curieux petit autel près du lit, remercia le Seigneur, dans ses prières, heureuse que son mari la laisse enfin en paix dans son refuge. Elle ne se souciait de rien, elle ne s'intéressait à rien. Seules ses filles suscitaient encore son intérêt.

– Elle vous aime bien, tante Nicolina ? leur demandait-elle. Vous êtes contentes ? Merci, mon Dieu. Moi, vous voyez, je ne peux rien pour vous. La Madone sera votre maman et vous protégera. Si seulement je lui avais recommandé Alessiuccio ! Parce que, voyez-vous, nous ne pouvons ni prévoir le bien, ni empêcher le mal !

Elle ne mangeait presque rien. Elle ne se déshabillait plus pour se coucher, mais somnolait devant l'autel. Son regard devenait aussi fixe que ses pensées.

Elle s'abrutissait.

Avec le temps, don Lucio se fit du souci pour Antonietta. Il fallait changer de vie, momentanément tout au moins. Il était disposé à se sacrifier, à abandonner toutes ses habitudes, à jeter son argent par les fenêtres, pour que la vie puisse enfin recommencer « comme avant », toute neuve, allégée de ce poids qui les étouffait. L'argent doit servir à notre bien-être !

Il n'avait rien d'un avare qui accumule par plaisir. Il n'avait jamais regardé à la dépense, lorsqu'il s'agissait des commodités qui rendent la vie agréable.

Il décida de parler à Nicolina, parce qu'elle lui paraissait plus raisonnable que sa sœur, et parce qu'il n'aimait pas parler de « ça » avec sa femme. Depuis le soir où ils s'étaient trouvés face à face dans une chambre de l'hôtel Rossi, ils ne s'étaient plus adressé la parole.

– Assieds-toi là, fit-il gravement.

Et il se mit à allumer sa pipe avec des gestes lents, tandis que sa belle-sœur attendait, les mains dans son giron, abattue et résignée.

– J'ai eu une très bonne idée, dit-il enfin après avoir soufflé quelques bouffées de fumée. Tu as mauvaise mine. Changer d'air te ferait le plus grand bien.

Et comme Nicolina semblait ne pas comprendre et ne montrait aucun intérêt, il ajouta :

– Il y a six ans que tu n'es pas allée à Sant'Agata. Ta mère se fait vieille. Je te donne la permission et les moyens d'y aller.

Nicolina leva les yeux sur lui.

– Non, répondit-elle. Je ne pars pas. Don Lucio crut comprendre les pensées inavouées de sa belle-sœur et il expliqua, avec un calme insolite dans la voix :

– Tu ne seras pas seule. Antonietta ira aussi. Et les petites. Vous vous distrairez.

Nicolina baissa la tête. Ses yeux se remplirent de larmes, à l'idée de devoir partir – était-ce là l'intention de son beau-frère ? –, peut-être pour toujours. Ce n'était pas la maison qu'elle aimait, oh non ! mais les souvenirs tragiques qui la peuplaient, qui faisaient partie de son passé, de sa vie.

Devoir partir, maintenant qu'il n'y avait plus rien à réparer…

« Plutôt me tuer, comme lui… » se dit-elle. Mais elle pensa à Antonietta, et éprouva un réconfort secret.

– Antonietta ne voudra pas, conclut-elle en se levant. Elle n'avait plus rien à ajouter.

Don Lucio la regarda, surpris. Il fuma sa pipe, puis se dirigea vers la chambre de sa femme d'un pas résolu.

Il le fallait !

Antonietta tricotait, derrière la fenêtre. En entendant son mari, elle posa son ouvrage et attendit paisiblement. Don Lucio s'assit et répéta à sa femme la même chose qu'à sa belle-sœur, dans les mêmes termes.

– Pourquoi veux-tu me chasser ? demanda doucement Antonietta.

Don Lucio fit semblant d'être en colère. Il cria qu'il pensait au bien des autres et ne recevait qu'ingratitude en retour. Il obtiendrait davantage avec de l'autorité qu'avec de la patience, il le savait !

– Tu ne comprends pas que cette vie est insupportable ? Je l'ai répété à Nicolina. Mais elle s'entête à vouloir rester.

Antonietta respira, soulagée. Sa sœur aussi, son ennemie, lui donnait raison. Voilà qu'elles tombaient d'accord une fois de plus, sans même se parler. Le lien qui les unissait, par-delà la vie et la mort, était plus solide que la rancune qui les divisait, même dans le désespoir…

Maintenant, don Lucio était réellement en colère. Il marchait de long en large à travers la chambre et disait bien haut ce qu'il avait sur le cœur, pour ne pas se rendre malade.

– Non, répétait-il d'une voix enrouée… Votre attitude de juges ne me fait pas peur. C'est ma faute ? Réponds ! Débarrasse-moi de ce poids ! Alors, vous m'accusez ? Mais je ne suis pas responsable ! J'ai accompli mon devoir. Je n'ai rien fait pour le faire souffrir, absolument rien, mais c'était un faible…

Sa colère s'éteignit lentement ; les derniers mots résonnèrent dans la chambre comme des sanglots.

Antonietta l'écoutait, tranquille. Il ne pouvait plus nuire… Elle dit enfin, d'une voix paisible :

– Eh bien, pourquoi te tourmenter ? Ce n'est ni ta faute ni la mienne. Si j'avais compris qu'il souffrait de tout cela… Maintenant, je comprends. Je me souviens de beaucoup de choses, très clairement, et je comprends tout. Il souffrait de la discorde qui règne dans la maison. Nous avons tous un peu empoisonné sa vie, comme on empoisonne une source pure. Si j'avais compris, je serais partie avec lui. Le monde est si grand… J'aurais trouvé un refuge pour nous deux, je lui aurais fait oublier le mal qu'il avait entrevu. Mais je ne l'ai jamais compris. Maintenant, il est trop tard pour que je parte. À présent qu'il n'y est plus. C'est nous qui l'avons tué sans le vouloir, et pourtant chacun de nous se croit innocent… Ne te mets pas en colère, Lucio. Tu vois, chacun de nous porte le fardeau de son destin ; lui, il était trop fragile pour porter ce poids jusqu'au bout. Oui ! répéta-t-elle, comme si elle avait parlé en rêve, tous, nous l'avons tué un petit peu, sans le vouloir. Ne te mets pas en colère. C'est comme ça. Autrefois, à la maison, j'avais un chardonneret. Il était assez familier. Il sautillait dans la maison, se posait sur mon épaule. Un jour, comme on m'appelait, j'ai ouvert une porte. L'oiseau a été écrasé. Ce n'était ni la faute de celui qui m'appelait ni la mienne. Nous ne pouvions pas avoir toujours à l'esprit la présence de cet oiseau minuscule. C'est comme ça. Tous, nous avons oublié la présence de cet être qui comprenait et souffrait. Ne te mets pas en colère, Lucio, c'est inutile.

Mais don Lucio n'était plus en colère. Il était troublé par le ton trop calme de cette voix. Antonietta raisonnait aussi tranquillement que s'il s'était agi d'une chose tout à fait extérieure. Une fois, il avait entendu un fou parler de la même façon. Dans ce visage blême et mou, les yeux dilatés étincelaient, privés d'expression.

Il lui dit avec douceur, comme s'il s'était adressé à un enfant malade :

– Nous pourrions faire quelque chose. Nous pourrions envoyer Nicolina à Sant'Agata, pour quelque temps…

Sa femme le regarda, troublée à son tour.

– Non, implora-t-elle. Alessio ne veut pas. Ce matin encore il m'a dit : « Maman, ne chasse pas ta sœur. »

– Enfin… Mais écoute-moi ! Sois raisonnable ! s'écria don Lucio d'une voix autoritaire. Nicolina partira avec les filles. Je… nous… nous irons ailleurs. À Catania, chez mes sœurs. Ou à Patti, dans les terres du baron. Tu te distrairas. Je ne regarde pas à la dépense… Et, ajouta-t-il presque timidement, en baissant la voix, la vie recommencera pour nous tous.

– Ne me chasse pas, Lucio ! supplia Antonietta. Tu es bien méchant de vouloir m'empêcher de pleurer. Je ne te dérange pas, enfermée ici.

Elle se tut. Et son corps prit l'attitude affaissée de Nicolina.

En cet instant, les deux sœurs se ressemblaient. Et leurs pensées étaient identiques. Et pourtant, elles ne se rapprocheraient jamais, n'échangeraient jamais le moindre mot de réconfort.

Don Lucio les revoyait à Sant'Agata, jeunes filles, se tenant par la main, avec des robes de même couleur, lorsqu'elles le contemplaient avec la même expression d'adoration calme et sereine.

Antonietta était épuisée d'avoir tant parlé. Elle posa sur son mari un regard égaré.

– Va-t'en, dit-elle. Lorsque vous êtes là, vous autres, il n'entre pas… Il est si beau !… Il vient, il se tient près de moi et il me parle. Va-t'en, je t'en prie…

Elle sourit. Ce sourire hébété, dans ce visage de folle, épouvanta don Lucio qui sortit immédiatement de la chambre, s'enfuit presque.

Dans le couloir, il sentit la respiration lui manquer. Le sol dansait sous ses pieds. Il s'appuya à la paroi.

Quelque chose échappait à sa volonté.

Quelqu'un – ni sa femme ni les autres… –, privé de voix et de gestes, le contrariait pour la première fois.

Mais il devait être le plus fort… Il entra dans la salle à manger. Il s'assit à sa place habituelle, les deux mains posées sur sa poitrine pour écouter les battements de son cœur.

Discuter après le repas, s'énerver… Il ne fallait pas. Il oubliait trop souvent qu'il était malade.

Il serra les dents, angoissé par la douleur aiguë qui lui traversait la poitrine, sans relâche.

Il fallait prendre la vie comme elle venait. Se distraire, sortir plus souvent, être sociable. Échanger quelques mots, bavarder de choses et d'autres avec une vieille connaissance, voilà qui est très hygiénique.

Il était même devenu membre de l'« Humanitas » – la ligue de protection des jeunes filles –, on lui avait confié à la mairie cette charge délicate, celle que lui avait promise l'assesseur Laurà. Il avait beaucoup d'occupations extérieures. Il ne pouvait pas s'abêtir comme une femmelette.

Il se leva et s'habilla pour sortir. Dans le vestibule, Nicolina l'aida à enfiler son pardessus dont elle brossa le col. Mais les précautions dont l'entourait sa belle-sœur – si frêle, pâle, tout de noir vêtue – ne lui procurèrent aucune satisfaction.

Il mit du temps à descendre les escaliers, oppressé par la douleur qui le traversait. Il pouvait mourir d'un moment à l'autre, sortir de chez lui pour ne plus jamais rentrer.

Non, il fallait recommencer à vivre, comme avant.

Il s'achemina à pas lents. Pendant une minute, son ombre démesurée et incertaine se dessina dans l'impasse mal éclairée.

Et à nouveau la vie recommença, avec ses journées toutes semblables. La maison de l'impasse paraissait aussi paisible qu'autrefois. Chacun retrouva ses vieilles habitudes mécaniques, comme la main retrouve les gestes du travail. Chacun vécut pour soi, avec, au fond du cœur, une grande solitude ; chacun étranger, indifférent à ceux qui respirent le même air et coupent le même pain, comme des gens qui vivraient dans le même hôtel sans se connaître.

Le crépuscule violet descend sur la ruelle pleine d'ombre, sur les toits, éteint les dernières lueurs, jusqu'à l'horizon empourpré.

Antonietta est dans sa chambre. Elle ne comprend presque plus ce qu'on lui dit ; à la maison, on s'est déjà résigné à ce châtiment nouveau, mais supportable.

Dans la lumière du crépuscule, derrière la fenêtre fermée, elle continue à travailler, dialoguant avec les images saintes dans lesquelles elle croit reconnaître des personnes chères, qui ne l'ont pas trahie.

Nicolina est dans sa petite chambre, au-dessus. À cette heure-ci, on n'a plus besoin d'elle. Elle travaille et elle pense. Ses pensées sont amères, et les larmes retenues lui nouent la gorge. Comme la soirée est étouffante, elle a laissé ouverte la fenêtre, cette lucarne à laquelle elle s'est appuyée si souvent, avec Alessio.

Dans la pièce solitaire, la voix fraîche semble résonner encore :

« Regarde, tante Nicolina ! On dirait la chambre d'un navire qui doit quitter le port… »

Toute la maison, ce vieux navire qui pourrit dans le port, rempli de voyageurs qui n'ont jamais vu le vaste horizon, est engloutie dans les ombres de la nuit. Pas une seule lampe n'est allumée. Don Lucio est dehors. Lorsqu'il reviendra, on pourra le voir dans la salle à manger, assis devant la table sur laquelle tombe un rond de lumière ; si quelqu'un traverse la pièce, la lampe suspendue au plafond oscille légèrement. Il appellera bientôt :

– Agata, dis à tante Nicolina de remplir ma pipe !

Les deux jeunes filles s'attardent un moment sur le balcon, où s'asseyait autrefois tante Nicolina. Comment se coucher, quand l'air est si tiède et que l'on n'a pas sommeil ?

Elles se tiennent par la main et ne disent rien. Ce qu'elles pensent et qui gonfle leurs cœurs, qui battent dans les calmes soirées d'été comme de petites feuilles caressées par le vent, est trop vague et doux pour qu'elles puissent l'exprimer. Agata s'écrie :

– Toutes ces étoiles dans le ciel ! Si nous essayions de les compter ?

Et elles essaient de les compter. Et puis elles se taisent. Des effluves de fleurs leur parviennent. Peut-être d'un jardin, dans les environs. Un bruit confus… On dirait qu'il vient de la grand-rue, au-delà de l'impasse…

– Tu n'as pas l'impression, dit Agata, de sentir l'odeur de la mer ?

– Tais-toi ! s'écrie Carmelina, qui pense toujours à Alessio quand on parle de la mer. Elles écoutent. Un bruit de pas, des voix. Une sève impétueuse bouillonne dans leur jeune poitrine. Elles grandissent comme certaines plantes bizarres et délicates, qui apparaissent entre les lézardes des vieux murs, et que la pluie aura tôt fait d'abîmer. Don Lucio toussote. Les deux jeunes filles sursautent, et rient aussitôt d'avoir sursauté ; elles se taisent et attendent encore, émues, le cœur battant, tandis que les heures passent, graves et silencieuses, dans le ciel étoilé.

LA MAISON DANS L'IMPASSE
de Maria Messina
a été achevé d'imprimer en février 2020
sur les presses de l'imprimerie Pulsio.

Éditions Cambourakis
62, rue du Faubourg-Saint-Antoine
75012 Paris
www.cambourakis.com

Dépôt légal : mars 2020.
ISBN : 978-2-36624-481-6
Imprimé en Bulgarie.